# 오늘만 생각하는 마흔인데요

고원 지음

**오늘만 생각하는 마흔인데요**

**초판 발행** 2021년 8월 27일

**지은이** 고원

**펴낸이** 진영수

**펴낸곳** 영수책방 **출판등록** 2021년 2월 8일 제 2021-000018호

**주소** 10447 경기도 고양시 일산동구 중앙로 1079 더리브스타일 426

**전화** 070-8778-8424 **팩스** 02-6499-2123

**전자우편** sisyphos26@gmail.com



ISBN 979-11-974312-2-7 03810

어느 날 문득 내 안의 이야기가

어느 정도 무르익은 기분이 들었습니다.

## 차례

# 불혹은커녕 미혹이다

# 아름다움에
# 혹하는 게
# 미혹?

마흔이 넘었다는 게 실감이 안 가.
마흔이면 불혹이라는데 난 전혀 안 그래.
보는 것마다 좋아 보이고 듣는 것마다
팔랑거린다니까.
불혹이 아니라 미혹이야.

나도. 그런데 무슨 '미' 자지?
미미하다 할 때 미微인가?
그래서 사소한 것에도
마음이 흔들리는 건가?

미혹의 '미'가 당연히 아름다울 미美일 거라 여겼다. 미혹이란 아름다운 것에 혹하는 거라고. 그런데 듣고 보니 미미하다 미도 맞는 것 같아서 확인해 봤더니…. 둘 다 틀렸다. 어지러울, 혼란스러울 미迷였다.

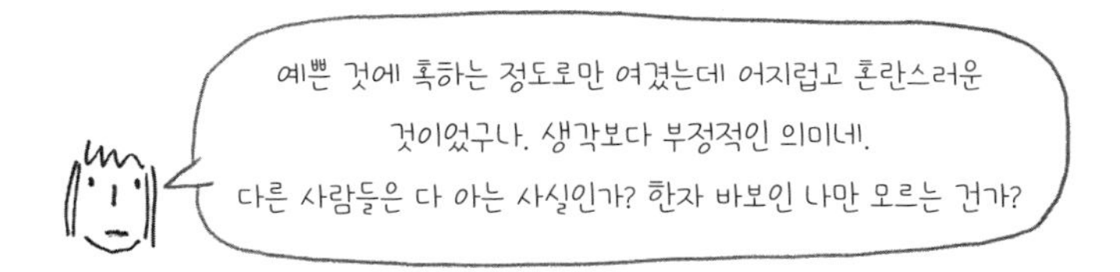
예쁜 것에 혹하는 정도로만 여겼는데 어지럽고 혼란스러운
것이었구나. 생각보다 부정적인 의미네.
다른 사람들은 다 아는 사실인가? 한자 바보인 나만 모르는 건가?

집에 가는 길에 친구랑 했던 이야기를 되새겨 봤다. 혼잣말까지 하면서.

전혀 혼란스럽지 않다는 건 뭘 봐도 아무렇지 않다는 건가? 화도 안 나고, 갈등도 없고, 욕심도 없고, 후회도 안 하고? 어떻게 그게 가능하지?

원의 마음은 혼란 그 자체다. 그런데 마음이 혼란해서 싫은가 하면 그건 또 아니다. 혼란하기 때문에 고민하고, 생각하고, 추스르고, 다시 나아가는 법을 배운다. 그러다 더 혼란스러운 경우도 많지만.

사는 것 자체가 미혹되는 건 아닐까? 미혹되니까, 마음이 움직이니까, 삶도 움직이는 거 아닐까? 미혹되어 흔들리기에 삶은 변화무쌍한 것 아닐까? 나에게는 미혹이야말로 삶의 활력소 같아. 미혹을 부정적으로 여기는 건 '충성심', '효심', '절개' 등등 일편단심 흔들리지 않는 마음을 으뜸으로 여기던 사람들이 멋대로 세운 기준 때문 아냐?

에헴, 거 매우 어지럽구나.
가만히 좀 있어라.
우뚝
망부석

뭐래? 당신이나 좀 움직여.
호이짜!
으악!
휘청

이러다 바람이라도 불면 홀라당 날아가 버리겠다. 흔적도 남기지 않고.

# 엄마의 반지

뭣 하러 쓸데없이
옷에 돈을 써?
다 헛짓이야.
1년은 끄떡없는
시장 파마
시장에서 파는
싸구려 옷
낡은 옷과
이불 조각을
이어 만든 천 가방
투박한 구두
쓸데없는 데
돈 쓰는 거 좋아함
슬금슬금
냥~
엄마가 혼내듯 혼잣말을 할 때면
괜스레 도망치고 싶었다.

3년 전이었다. 원은 돌아가신 엄마의 유품을 정리하다 옷장 구석에서 입구를 단단히 묶은 묵직한 주머니를 발견했다. 주머니를 열어보니 자수정 반지, 옥 반지, 산호 반지 등 보석 반지가 들어 있었다.

어라? 웬 반지들이지?

잔뜩 슬픔에 젖어 있었는데 반지를 본 순간 잠깐 슬픔이 걷혔다. 먹구름 사이로 해가 잠깐 드러나듯이.

엄마는 전혀 꾸미지 않았다. 돈이 없어서 꾸미지 못했던 것은 아니다. 아버지가 오랫동안 교직에 계셔서 연금도 또박또박 나왔고 집도 있었다. 돈 관리도 엄마가 했으니까 마음만 먹었다면 나름 꾸밀 수 있었다.

엄마가 꾸미지 않은 것은 스스로에게 지운 금기와 의무 때문이었다. 엄마는 존경받는 선생님(실제로 존경받았는지는 잘 모르겠지만)의 아내라면 마땅히 이러이러해야 한다는 항목을 잔뜩 만들었는데 그 첫째가 '검소'였다. 그랬던 엄마가 이렇게 반지를 많이 가지고 있었다니.

설마 아버지가 선물로 준 건가?

원은 아버지에게 반지를 보여주었지만 아버지는 그게 뭔지도 모르는 눈치였다. 엄마도 사치와 거리가 멀었지만 아버지는 더하다. 구멍 난 양말과 무릎 나온 바지는 기본, 옷도 한 번 입으면 갈아입으라고 할 때까지 그대로 입고 계신다. 아버지에게 옷은 몸을 가리고 예의를 차리는 외의 용도는 없다. 반지처럼 실용적인 기능이 없는 물건을 대면하면 그것의 정체가 무엇인지 파악하는 데도 상당한 시간이 소요된다. 그런 아버지가 엄마에게 반지를 선물했을 리가 없다.

죽은 자는 말이 없으니 왜 엄마가 그 많은 반지를 가지고 있었는지 알 수 없지만 엄마가 미혹되었던 게 아닐까 하고 추측한다. 한 번이 아니라 여러 번. 적어도 반지의 개수만큼.

그런데 왜 끼고 다니지 않았을까? 엄마가 보석 반지를 꼈다고 해서 뭐라고 할 사람은 아무도 없다. 반지를 꼈는지 알아차리는 사람도 별로 없었을 것이다. 하지만 한 명만은 반지를 낀 사실을 알고 있다. 자기 자신이다.

사람들이 이걸 보면
나를 사치 따위나 하는 사람으로 여길 거야.
그것만은 절대 안 돼.

스스로 만든 금기 때문에 엄마는 자기 욕망을 꽁꽁 묶어 가두어버렸다. 반짝이는 보석 반지를 깜깜한 장롱 안에 숨긴 것처럼. 그러나 아무리 금기를 만들어도 미혹되는 것을 막을 수는 없다.

미혹되지 않으려고 했던 엄마, 그럼에도 미혹되어 아무도 모르게 반지를 사 모았던 엄마, 아무도 없을 때 몰래 반지를 껴보며, 어떤 생각을 하고 어떤 표정을 했을까?

푸르스름한 형광등 아래 이리저리 비춰 보았겠지. 한 번에 몇 개씩 껴보았을지도 몰라. 잠시나마 왕비가 된 것 같은 기분도 누렸을 거야. 그러다 퍼런 핏줄이 울퉁불퉁 드러나고

검버섯이 낀 거친 손에 속상했을지도 모르지.

엄마가 유통 기간 지난 로션을 열심히 손에 바르던 모습이 떠올랐다. 반지가 잘 어울리도록 손을 보드랍게 다듬으려 했던 건가? 갑자기 울컥한다.

반지를 잔뜩 끼고 기뻐하며 자랑 좀 하지 그랬어. 예쁜 걸 즐기는 모습 좀 보여주지 그랬어. 적어도 나에게만은 그런 모습을 보여주지 그랬어. 그래서 내가 이 반지를 보며 엄마를 떠올릴 때 혼자라도 기뻐할 수 있게 말이야. 엄마, 바보, 바보, 바보. 바보.

그 엄마에 그 딸이라는 말처럼 원도 꾸미는 데 신경을 쓰지 않는다. 두 아이의 엄마가 된 이후로는 치장하고 나가는 일도 거의 없다. 그런 원에게 반지가 말한다.

살아 있을 때 마음껏 미혹되렴.
이제 겨우 마흔.
미혹되기 딱 좋은 나이지.

엄마 바보, 바보, 바보.

# 케이크 사는 날

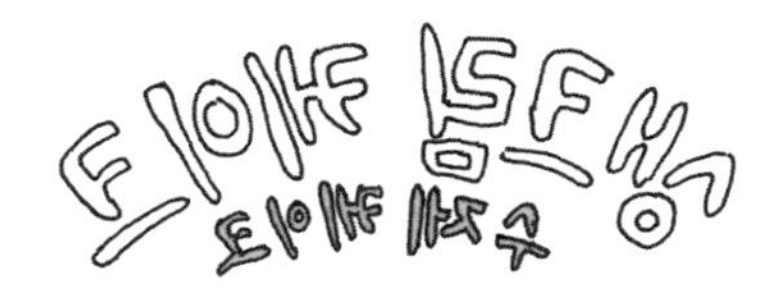
생크림 케이크
수제 케이크

생크림은 크림이겠지?
그런데 왜 '생'이 붙지? 생생한 크림인가?
수제는 무슨 뜻이지? 수제비의 줄임말?
생생한 크림 수제비 케이크?
엄청 맛있겠지?
얼마나 할까? 엄청 비쌀까?
너무너무 먹고 싶다.
10살 원.
호기심이
폭발하는 나이

오늘은 일요일, 케이크 사러 가는 날이다. 일주일에 한 번 좋아하는 케이크를 사는 것은 거의 30년이나 꾸준히 이어온 중대한 의식으로, 이 의식이 시작된 것은 초등학교 3학년 여름이다.

대략 30년 전(나이를 실감하는 순간이다) 집 근처에 작은 케이크 가게가 생겼다. 분홍색 바탕의 간판에는 금색 테두리로 둘러싸인 하얀 글씨가 가게 이름을 알리고 있었다. 커다랗고 투명한 유리창 안으로 케이크가 자태를 뽐내는데, 마치 동화 속 한 장면 같았다. 파는 케이크는 딱 두 종류, 흰색 생크림 케이크와 딸기가 들어간 분홍색 생크림 케이크다.

과일도 흠집이 나서 할인된 것만 사는 부모님이 고급 케이크를 사줄 리 없다. 손에 쉽게 넣을 수 없다는 사실 때문에 원은 더욱 케이크에 집착했다. 학교에 갈 때도 가게 안을 들여다보고, 집에 올 때도 들여다보고, 아무 이유 없이 가게 앞을 왔다 갔다 하며 들여다보았다. 가게에 들어가고 싶은 마음은 굴뚝같았지만 선뜻 엄두가 나지 않았다. 혼자서도 거리

낌 없이 들락날락하는 문방구나 분식점과는 달리 케이크 가게의 문턱은 너무나 높았다. 손님은 언제나 어른이었고 아이만 들어가서 사는 경우는 보지 못했다.

한 달도 넘게 벼르고 벼르다, 큰마음을 먹고 화창한 일요일 오후 혼자 케이크 가게로 갔다.

"너무 먹어보고 싶은데 부모님은 안 사줄 것 같아서 평생 모은 돈을 들고 왔어요" 따위의 불필요한 말은 하지 않았다. 이렇게 말하면 불쌍하게 여겨 덤으로 뭘 주지 않을까 하는 생각에 잠시 마음이 흔들리기도 했지만 자존심을 되찾고 위엄 있게 말했다.

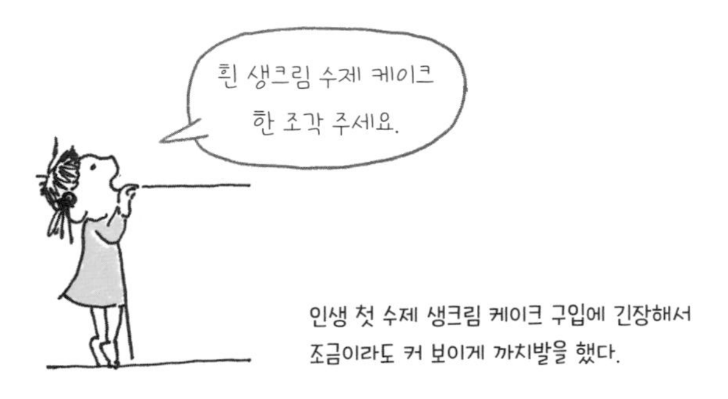


인생 첫 수제 생크림 케이크 구입에 긴장해서
조금이라도 커 보이게 까치발을 했다.

흰 앞치마를 두른 주인이 케이크를 자그맣고 새하얀 상자에 넣어주었다. 손잡이도 붙어 있고 가게 이름이 새겨진 금색 스티커도 붙어 있었다.

어머나, 세상에!

파리의 최고급 디저트 가게에서 금가루가 뿌려진 케이크를 산다 해도 이렇게 들뜨고 뿌듯하지 않을 것이다.

원은 당장 케이크를 먹고 싶은 마음을 꾹 누르고 놀이터로 갔다. 거사를 앞두고 역류성 식도염을 일으키는 놀이기구 따위를 타기 위해서가 아니다. 원의 목적지는 놀이터 한 구석에 있는 장미 덩굴에 둘러싸인 벤치다. 원은 놀이터에 아는 사람이 아무도 없다는 것을 확인하고 상자를 열었다(소중한 케이크를 사이좋게 나눠 먹을 생각은 눈곱만큼도 없다).

상자를 열자 훅 풍겨 오는 달콤한 냄새에 기절할 지경이었지만 정신을 차리고 케이크의 끝부분을 크게 한입 베어 물었다.

폭신한 구름을 타고 있는 기분이었다. 손가락에 붙은 크림은 물론 상자에 묻은 것까지 싹싹 핥으며 다시 케이크 가게로 달려가서 분홍색 생크림 딸기 케이크를 사 먹을까 갈등했다. 당시 지갑에 불룩하게 들어 있던 돈은 자그마치 5만원 남짓, 케이크 한 판을 몽땅 사도 남을 돈이었다. 돈은 충분했지만 이미 분에 넘치는 사치를 누렸다. 일단 오늘은 여기까지만 하자. 그러면 케이크는 또 언제 사 먹어야 할까?

내일?

아니, 내일은 아니다. 원에게 강제로 주입된 가치관에 의하면 연속으로 케이크를 먹어도 되는 날은 생일과 크리스마스 앞뒤로 사흘뿐이다.

그럼 내일모레?

아니, 그것도 안 된다. 두 번째 사치를 누리면 분명 세 번째 사치를 누리고 싶을 것이다. 비록 초등학생밖에 되지 않았지만 인생에 절제가 필요하다는 것은 알고 있다. 초등학생 때 절제의 미덕을 알아버린 것은 사회적으로는 권장할 만한 일이지만 개인적으로는 상당히 서글픈 일이다. 아주 어릴 때부터 절제하도록 훈련받았다는 뜻이니까.

원은 언제 두 번째 고급 케이크를 먹을 것인가에 대한 난제를 진지하게 고심한 후 사치의 쾌락과 금욕적인 절제가 균형을 이루는 지점을 찾았다. 바로 일주일에 한 번씩 케이크를 사 먹는 것이다. 이렇게 생겨난 장엄한 의식은 마흔이 되어서까지 인생의 한 축을 담당하고 있다.

밀가루에 설탕 범벅인 케이크는 몸(특히 군살 없는 몸매)

에 나쁘다는 사람도 있지만 그건 뭘 모르는 소리다. 케이크는 몸을 위한 것이 아니라 영혼을 위한 것이다.

즐거울 때나 괴로울 때나
저와 함께 하겠습니까?
네!


혼자서 케이크를 사러 가는 것도 좋지만 아이들과 함께 케이크를 사러 가는 것은 더욱 즐겁다. 어릴 적 느꼈던 설렘과 즐거움을 아이들과 함께 나눌 수 있으니까.

한 번에 고를 수 있는 케이크는 한 사람당 한 조각으로 딱 정해놓았다. 설렘과 즐거움은 약간의 자제와 아쉬움 그리고 기다림이 곁들여질 때 증폭되기 때문이다. 원이 어릴 때 매일 케이크를 원하는 만큼 먹을 수 있었다면 케이크가 그렇게 특별하지 않았을 것이다(결코 '나도 어릴 때 한 조각만 먹었으니 너희들도 그렇게 해'라는 치사함 때문이 아니다).

엄마는 가게에서 파는 케이크는 달고 느끼하다고 안 좋아했으면서 원이 만든 호두 당근 케이크만은 좋아했다. 퍽퍽하고 모양도 볼품없었는데 말이다.

# 초콜릿
# 한 박스

선물로 초콜릿 한 박스를 받았다. 야호. 초콜릿은 언제나 대환영!

어릴 때 아빠가 제자에게 받은 초콜릿 한 상자를 가져온 적이 있었다. 원은 그렇게 고급스러운 초콜릿은 처음 보았다. 두툼하고 단단한 금색 뚜껑을 열면 다양한 종류의 초콜릿이 귀하신 몸을 개인 욕조에 담그고 있었다. 특히나 원이 깊은 인상을 받은 것은 초콜릿 소개서였다. 눈처럼 하얗고 매끄러운 종이에 초콜릿 하나하나의 사진과 살짝 기울어진 아름다운 글자체로 설명이 적혀 있었다.

원이 홀라당 초콜릿을 먹어버릴 것을 염려했던 엄마는 초콜릿 상자를 옷장 안에 넣고 하루에 딱 하나씩만 꺼내 주고도로 문을 잠가버렸다.

"아빠가 나한테 맛있게 먹으라고 했는데 너무해."

몹시도 부당한 처사를 인정할 수 없었던 원은 옷핀을 열쇠 구멍에 쑤셔 넣기도 하고 플라스틱 카드를 틈에 넣고 비벼 문을 열려고 했지만 한 번도 성공하지 못했다.

전부 똑같은 맛이라면 그나마 참을 만했겠지만 전부 다른 맛이니까 더욱 기다리기가 힘들었다. 먹지 못한 나머지 초콜릿은 분명 한 번도 먹어본 적 없는 끝내주는 맛일 거라는 기대와 흥분이 어린 원을 사로잡아 버렸다. 애타는 마음을 달래주는 건 엄마가 선심 쓰듯 준 초콜릿 소개서였다. 원은 종이에 밴 초콜릿 냄새를 맡고, 각각 초콜릿에 대한 설명을 반복해서 읽고, 맛을 상상하면서 다음에 어떤 맛을 먹을지 고민했다.

프랄린 크림이란 게 뭐지? 산딸기 크림은? 아, 너무 궁금하다. 다음에는 뭘 먹지?

지금 생각해 보면 기대에 부풀어 기다리던 시간은 행복한 순간이지만 그 당시에는 기대에 부푼 기다림 따위는 치워버리고 초콜릿을 모조리 손에 넣고 싶을 뿐이었다.

아무튼 원은 선물 받은 초콜릿 중 뭘 먹을지 고민하다가 갑자기 이런 걸로 고민하는 자신이 한심하게 느껴졌다. 나이 마흔에 초콜릿 따위로(아무리 고급 초콜릿이라 하더라도) 갈등을 하다니. 이런 갈등은 어릴 때나 하는 거다. 더 이상 그런 하찮은 고민은 하지 않겠다.

당장 몽땅 먹어치울 생각은 아니다. 이 나이에 그랬다가는 혈당이 치솟아 심장마비에 걸릴지도 모른다.

원은 예리하게 갈린 칼을 가져와 다양한 초콜릿의 귀퉁이를 모두 조금씩 자른 다음 초콜릿 소개서와 비교하며 천천히 그러나 게걸스럽게 먹어치웠다. 완벽한 자태를 뽐내던 초콜릿은 무자비한 칼자국과 함께 내장(초콜릿 필링)이 훤히 드러났다. 무분별한 범죄의 현장을 부모님이 봤다면 자기들은 절대 자식을 이렇게 키우지 않았다고 손사래를 치며 통탄했을 것이다.

어쨌거나 원은 더없이 만족스럽다. 어릴 때 하루에 하나밖에 먹지 못했던 '한'이 이제야 보상받는 기분이다. 원은 한 입씩 베어 문 초콜릿을 보며 스스로를 대견해했다.

그러나 만족은 잠시뿐 얼마 안 가 속이 울렁거리며 더부룩해졌다. 앞으로 한 달간 단것은 쳐다보기도 싫을 것 같고, 초콜릿은 냄새만 맡아도 토할 것 같다.

학교에서 돌아온 아이들은 난도질이 된 초콜릿과 끊임없이 방귀를 끼어대며 속이 부글거린다고 울부짖는 엄마를 한심하게 보더니 충고를 던졌다.

“엄마, 참는 법을 좀 배워야 할 것 같아.”

하지만 원은 당당하게 받아쳤다.

“어차피 인생은 참을 것투성이야. 그러니까 남에게 피해 안 주고 나의 즐거움을 만끽하는 일까지 참을성을 발휘하고 싶지 않단다. 너네도 마음껏 먹어보렴. 오늘만큼은 마구 달려보자고. 크크크.”

# 선인장
# 반지

원은 반지를 끼지 않는다. 성장기 아이들의 무지막지한 식욕을 만족시키기 위해 손이 발이 되도록 요리를 하는 데 반지는 거추장스럽기만 하다.

아니, 요리는 핑계다. 반지를 안 끼는 진짜 이유는 손가락이 너무도 못생겼기 때문이다. 얼핏 보면 두더지 발 같다. 짧고 굵은데다 관절도 울퉁불퉁한 손가락에는 뭘 껴도 순대 옆구리에 쇠고랑을 채운 것처럼 보인다. 엄마의 반지도 너무 작아서 끼지 못한다. 몇 번 억지로 쑤셔 넣었더니 손가락이 보라색으로 변했다. 금방 벗었기에 망정이지 조금이라도 늦었다면 손가락에 혈액 공급이 끊겨 썩어버렸을 것이다.

그런데 살다 보면 예기치 않은 일이 일어난다. 원의 손에 어울리는 반지를 발견한 것이다. 선인장을 모티브로 한 돔 모양의 반지로 끝이 둥글게 다듬어진 가시가 표면을 빽빽하게 뒤덮고, 제일 꼭대기에는 배꼽처럼 작은 보석이 박혀 있다. 섬세한 가시들이 날카로운 금속의 광을 비단처럼 흐르는 광채로 바꿔놓았다.

물욕에 불타는 사람들을 수도 없이 봐온 점원이 원의 이글거리는 눈빛을 놓쳤을 리 없다. 점원은 황금빛 미소를 띠고 반지를 진열대에서 꺼내 원의 눈 바로 앞에서 이리저리 돌리며 한번 껴보라고 했다. 화장실에서 볼일을 보고 손을 닦았는지 안 닦았는지 기억이 나지 않지만 주저하지 않는다. 원은 손에 볼펜 똥이 묻지 않은 것을 확인하고 오른손을 재빨리 내밀었다.

남편이 결혼반지를 내밀었을 때도 이렇게 빨리 손을 내밀지는 않았다. 그때는 체면도 있고 해서 나름 초연하게 늦장을 부리며 튕겼다. 속으로는 '앗싸 만세'를 외쳤지만.

반지는 원의 두툼하고 우락부락한 마디 관절도 개의치 않고 매끄럽게 쏙 들어갔다. 반지가 마디 윗부분에 걸려 버둥거릴까 봐 불안해하던 마음은 확 사라졌다. 위로 솟은 돔 형태 때문에 손가락이 짧아 보이지도 않고, 두꺼운 관절도 감춰진다. 기대 이상의 효과다.

"정말 잘 어울리세요. 마침 딱 하나밖에 안 남았는데 고객

님에게 가려고 그랬나 봐요."

점원의 말에 원의 마음이 푸닥거린다.

헛!
뭐라고?
딱 하나 남았다니.
이게 팔리면 끝인 거야?

하나밖에 안 남았다는 말에는 마법이 들어 있다. 그 말을 들으면 무슨 수를 써서라도 손에 넣고 싶다. 반지는 끼지 않는다며 시큰둥하던 태도는 집어 던졌다. 반지를 너무너무 끼고 싶다. 반지를 낀 손가락으로 흘러내리는 안경도 올리고, 뻣뻣한 머리카락도 쓸어 넘기고, 턱도 괴고, 찻잔도 잡고, 감자도 깎고 싶다.

반지를 끼고 우아하게 감자를 깎는 모습까지 떠올리니 더 이상 참을 수 없다. 원은 가격을 물어보았고 점원은 눈알이

튀어나올 만한 숫자를 입에 올렸다.

우왁, 맙소사. 이렇게 비싸다니!

아무리 호화롭게 감자를 깎을 수 있다 해도 이건 너무하다. 이 돈이면 온 가족이 함께 여행을 갈 수도 있다. 아이들에게 위대한 유적지 앙코르 와트를 보여주거나 남편이 좋아하는 베트남에 가서 쌀국수를 배 터지게 먹을 수도 있다. 반지 살 돈으로 후원도 하고, 읽고 싶은 책도 실컷 사고, 가족이나 친구들과 맛집을 찾아다니는 것이 반지만 덩그러니 끼고 궁핍하게 손가락만 빠는 것보다 훨씬 합리적이다.

반지가 잘 어울린다고 해도 그나마 잘 어울리는 것이지 결코 손이 엄청 예뻐 보이는 것도 아니다. 게다가 손이 예뻐 보인들 무슨 소용이람. 내 손을 나 말고 누가 보겠어. 내가 멋진 반지를 끼고 맨손 체조를 해도 아이들은 엄마가 반지를 꼈다는 사실을 알아차리지도 못할뿐더러 남편은 가격을 물을 것이다. 흠… 이건 매우 골치 아프다.

원은 반지를 내려놓고 가게를 나왔다. 그런데.

반지 반지 반지 반지 반지 반지 반지 반지 반지 반지 반지 반지
반지 반지 반지 반지 반지 반지 반지 반지 반지 반지 반지 반지
반지 반지 반지 반지 반지 반지 반지 반지 반지 반지 반지 반지
반지 반지 반지 반지 반지 반지 반지 반지 반지 반지 반지 반지
반지 반지 반지 반지 반지 반지 반지 반지 반지 반지 반지 반지
반지 반지 반지 반지 반지 반지 반지 반지 반지 반지 반지 반지
반지 반지 반지 반지 반지 반지 반지 반지 반지 반지 반지 반지
반지 반지 반지 반지 반지 반지 반지 반지 반지 반지 반지 반지
반지 반지 반지 반지 반지 반지 반지 반지 반지 반지 반지 반지
반지 반지 반지 반지 반지 반지 반지 반지 반지 반지
반지 반지 반지 반지 반 지 반지 반지 반지 반지
반지 반지 반지 반지 반 지 반지 반지 반지 반지
반지 반지 반지 반지 반 지 반지 반지 반지 반지
반지 반지 반지 반지 반지 반지 반지 반지 반지 반지
반지 반지 반지 반지 반지 반지 반지 반지 반지 반지 반지 반지
반지 반지 반지 반지 반지 반지 반지 반지 반지 반지 반지 반지
반지 반지 반지 반지 반지 반지 반지 반지 반지 반지 반지 반지
반지 반지 반지 반지 반지 반지 반지 반지 반지 반지 반지 반지
반지 반지 반지 반지 반지 반지 반지 반지 반지 반지 반지 반지
반지 반지 반지 반지 반지 반지 반지 반지 반지 반지 반지 반지
반지 반지 반지 반지 반지 반지 반지 반지 반지 반지 반지 반지
반지 반지 반지 반지 반지 반지 반지 반지 반지 반지 반지 반지
반지 반지 반지 반지 반지 반지 반지 반지 반지 반지 반지 반지
반지 반지 반지 반지 반지 반지 반지 반지 반지 반지 반지 반지

아, 그놈의 반지가 도무지 머릿속에서 떠나질 않는다. 반지가 생각날 때마다 원은 반지를 사지 말아야 할 이유를 필사적으로 찾아냈고, 207번째 이유를 찾아냈을 때 의문이 들었다.

사지 말아야 할 이유를 억지로 찾아내는 건 너무너무 사고 싶기 때문이다. 반지를 사지 말아야 할 이유는 100개도 넘게 있고 반지를 사야 할 이유는 단 하나도 없다. 그럼에도 불구하고 반지를 사고 싶다.

엄마도 이랬을 것이다. 사지 말아야 할 이유를 수천 개 떠올렸을 테고 사야 할 이유는 하나도 떠올리지 못했을 것이다. 그런데도 반지를 샀다.

후회도 했겠지만 보면서 즐거웠겠지? 반지를 사서 좋았던 마음이 후회하는 마음보다 훨씬 컸을 거야. 그러니까 몇 개나 가진 거잖아. 비록 끼고 다니지는 않았더라도 남몰래 반지를 보며 즐거워했기를, 부디 그랬기를.

원은 아이들을 데리고 문방구에 가서 아이들이 오랫동안 탐내며 사고 싶어 했던 울트라 초강력 팽이를 사줬다. 문방구를 지나칠 때마다 팽이를 사지 말아야 할 이유(엄마가 사지 못하게 해서)를 억지로 떠올렸을, 그럼에도 불구하고 사고 싶어 했을 마음이 사무치게 와 닿았기 때문이다. 장난감 팽이를 하나씩 쥐고 뛸 듯이 기뻐하는 아이들을 보며 원은 가만히 생각했다.

장난감 팽이에 열광할 수 있는 것도 잠깐뿐이야. 그러니 즐길 수 있을 때 즐기렴.

갈등, 갈등, 또 갈등을 하다 한 달쯤 후에 가게에 다시 갔다. 사려고 간 것이 아니라 확실하게 포기하기 위해 간 것이다. 이미 팔렸다면 깨끗하게 포기할 수 있을 테니까.

그런데 여전히 있었다. 처음부터 다시 갈등 시작!

갈등하느라
머리에서
김나네!

# 미혹의 선구자,
# 발자크

잠옷에
황금지팡이는
기본이지.
번쩍 번쩍
스웩
황금 사과가 달린
지팡이
스웩, 플렉스의 끝판왕 발자크

원은 발자크의 소설을 좋아하지 않는다. 욕망에 미쳐 날뛰는 정신 나간 사람들의 서커스 같기 때문이다. 그의 작품은 좋아하지 않았지만 발자크 평전만큼은 침을 질질 흘리며 읽었다.

오, 인생 자체가 파란만장의 극치를 달리네. 왜 발자크가 그렇게 서커스 같은 소설을 썼는지 알 것 같아. 본인이 서커스와 같은 거대한 세상에서 지냈으니까.

원이 유난히 매혹된 건 발자크의 미혹되는 능력이다. 미혹에 빠져드는 걸로 치자면 발자크를 따라갈 자가 없다. 발자크는 굶주릴 정도로 가난한 무명 시절을 보내다가 꿈에 그리던 부와 명성을 얻자 일말의 주저함도 없이 사치와 낭비의 세계로 뛰어들었다.

금세공사에게 주문한 보석 박힌 지팡이를 들고, 천문대의 광학 기계 제조인에게 부탁해서 만든 아주 특별한 황금 외알 안경을 끼고, 황금 단추가 달린 푸른색 연미복을 입고 산책을 다녔다.

발자크는 '적당히'란 말과는 거리가 멀었다. 모든 것이 분에 넘쳐야만 했다. 책을 써서 벌어들인 막대한 돈은 무모한 사업과(손대는 사업마다 족족 망했다) 무분별한 사치로 모조리 탕진하고 빚에 시달렸다. 그래서 발자크가 절망하고 후회했을까?

전혀!

빚을 지면 질수록 그는 더욱 더 큰 꿈(엄청난 부와 사회적 지위)에 사로잡혔다. 큰 꿈에 사로잡히는 것은 그다지 놀랄 일은 아니다. 원 역시 베스트셀러 작가가 되어 아름다운 호숫가에 작은 통나무집을 짓는 원대한 꿈에 사로잡혀 혼자 히죽거릴 때가 있다(원의 기준에 이 정도면 아주 큰 꿈이다).

그러나 발자크는 그냥 꿈을 꾸기만 한 것이 아니었다. 어이없을 정도로 낙관적인 몽상가였던 그는 이미 꿈을 이룬 것처럼 호화로운 생활을 했다. 화려한 마차, 온갖 값비싼 가구, 하인, 고급 주택도 빚을 내거나 인세를 미리 당겨 받아 사들였다. 『츠바이크의 발자크 평전』을 살펴보자.

"발자크도 재산을 모으기 위해서 일을 하는 동안, 즐거움을 미리 맛보기 위해서 자기 주변을 사치스럽게 꾸밀 필요성을 느꼈다."

발자크는 늘어난 빚을 갚기 위해 하루에 열다섯 시간씩 글을 썼다. 아무에게도 방해받지 않기 위해 자정에 일어나 오후 다섯 시까지 전투에 임하는 기세로! 과도한 작업을 버티기 위해 20년 동안 지독하게 독한 커피를 연거푸 들이마셨고 심장병으로 죽었다.

정말이지 어마어마하다. 발자크의 절제를 모르는 과도함

앞에 원은 진심으로 초라해진 기분이 들었다.

발자크가 사치를 하지 않고 빚이 없었다면, 좀 편하고 느긋하게 일을 하고 더 많은 작품을 남길 수 있었을까? 결코 아니다. 발자크는 빚에 쫓기고 있을 때야말로 무시무시한 에너지로 글을 썼다.

발자크의 위대한 에너지를 만들어낸 건 미혹이 아닐까? 그저 그런 평범한 미혹이 아닌 눈곱만큼의 절제나 이성으로 오염되지 않은, 비이성적인 광기에 사로잡혀야만 들어갈 수 있는 순수한 미혹 말이다. 완벽하게 미혹된 나머지 발자크는 자신이 미혹된 것을 가질 수 없다는 생각 자체를 하지 않았다.

발자크에게 '미혹된 것'은 가지고 싶은 것이 아니라 이미 그의 것이다. 발자크가 존재했던 세상은 현실이 아니라 그가 미혹된 세상이었다. 그래서 아무리 현실이 기대를 배신하고 좌절시켜도 발자크는 언제나 에너지가 넘쳤고, 꿈에 부풀었다. 발자크에게 세상은 반짝임 그 자체였다.

원은 현실에 발을 딛고 있다. 더할 나위 없이 착실하고 성실하게. 한눈을 판 적도 거의 없다. 학생 때는 집과 학교를 똑딱이는 메트로놈처럼 일정한 박자로 왕복했다. 중간에 새는 일도 없었다. 그나마 일탈이라고 해봤자 학원에서 컵라면을 몰래 먹고, 야한 만화책을 본 것 정도다. 회사 다닐 때는 때려치우고 싶은 마음을 꾹 억누르고 착실하게 시키는 일을 했다. 그래야 또박또박 나오는 월급을 받을 수 있으니까. 그러다 착하고 성실한 남자를 만나 성실하게 연애를 하다 결혼을 했고 아이를 낳아서 착실하게 키우고 있다.

정말이지 착실하고 이성적이고 절제의 연속이다. 왜 이렇게 살았을까? 착실하고 성실한 게 나의 본성일까? 그렇다면 왜 학창 시절 내내 다 때려치우고 세상을 떠돌며 닥치는 대로 살아보고 싶었을까? 왜 성실하게 사는 부모님이 갑갑하고 안이하게 보였을까? 왜 회색 칸막이가 쳐진 회사에 불을 싸질러 버리고 싶었을까? 왜 아직까지도 미지의 세계로 떠나는 모험을 동경하는 걸까? 왜 착실하고 성실하기 그지없는 나의 삶이 문득문득 허망하게 느껴지는 걸까?

원은 발자크처럼 미혹에 뛰어들지 못했다. 미혹 언저리에서 흔들릴 때는 있었지만 선뜻 다가서지 못했다. 가치를 따지고, 쓸모를 따지고 위험성을 따졌다. 미혹되지 않으려고 안간힘을 쓰고, 미혹되기도 전에 담을 쌓아버렸다. 언제나 위험한 선택보다는 안전한 선택을 했다. 그래서 지금 안정적인 삶을 살게 된 것이다. 발자크의 삶과는 정 반대로.

발자크의 평전을 읽으면 읽을수록 궁금하다. 온전히 미혹된다는 건 어떤 느낌일까? 나는 과연 이렇게 할 수 있을까?

나도 발자크의 지팡이 가지고 싶다.
이성 따위는 집어던지고 황금사과 지팡이를
주문 제작해 볼까?
아니야.
필요도 없는 데 괜히 돈 쓰지 말자.
짝
잠깐, 나 또 이성적으로 굴었잖아!
하고 싶으면 그냥 하라고.
아니, 분명 후회할 거야.
뭘 그렇게 갈등해?
그냥 끌리는 대로 해.
으으으

# 작은 변화가 시작됐다

# 나비 귀걸이

"난 딱 보면 알지. 너는 참 한결같은 게 절대 변하지 않을 거야."

사촌 결혼식에서 만난 친척이 원에게 말했다. 나쁜 의도가 없다는 것도, 오히려 칭찬이라는 것도 알겠다. 하지만 원은 그 말이 싫다.

딱 보면 안다고? 나에 대해 뭘 얼마나 아는데? 당신은 상상도 하지 못하는 면이 내게 있을지도 모르잖아. 그리고 뭐가 한결같다는 거야? 나의 심리 상태가 얼마나 왔다 갔다 하는데? 성격도 생각도 빈대떡 뒤집듯 바뀔 때가 많고 말이야. 게다가 내가 앞으로 변할지 안 변할지 당신이 어떻게 아냐고?

진짜 짜증이 나는 것은 상대방이 한 말이 어느 정도 수긍이 간다는 사실이다. 쳇바퀴 돌리듯 똑같은 생활 방식이 몇십 년째 변한 게 없다. 성격도 많이 바뀐 거 같지만 개과천선의 수준에는 이르지 못했다. 겉으로 나이가 들어간다는 점만 빼면 내가 봐도 한결같다.

이 모습이 최상이어서 고수하는 것은 아니다. 단지 다른 방법을 모를 뿐이다. 화장이나 액세서리를 한다고 해서 더 예뻐 보이지도 않을뿐더러 오히려 나답지 않아 어색하기만 하다. 결혼식 날에도 자꾸 손으로 얼굴을 문질러 전문가가 공들여 해준 화장을 닦아내기에 바빴다.

일확천금이라도 하면 달라질까? 일확천금하지 못할 확률은 자그마치 99.9999%에 가깝다. 일확천금하지 않아서 변하지 않는 걸까? 일확천금과 상관없이 나는 이대로 변하지 않을까? 죽을 때까지?

변하기 싫어서 변하지 않은 게 아니다. 생겨먹은 대로 살다 보니 변하지 않은 것뿐이다. 그래도 지금껏 큰 불편은 없었고 앞으로 계속 이렇게 살아도 별 상관없겠지만 죽을 때까지 이대로 살아간다는 생각이 드니 좀 답답해졌다.

그러던 어느 날이었다. 장을 보고 오는 길에 집 근처에 있는 액세서리 가게 앞에서 멈춰 섰다. 몇 년 동안 수도 없이 지나쳤지만 한 번도 들어간 적은 없다. 비쌀 것 같기도 하거니와 나와는 상관없는 물건만 있을 거라 여겼다. 그런데 지금은 오기가 생겼다. 원은 가방끈을 동아줄마냥 단단히 움켜쥐고 문을 열었다.

가게는 원이 여태껏 가까이했던 것과는 정말로 거리가 먼 요망한 물건으로 가득했다. 깃털이 달린 모자, 커다란 돌이 박힌 목걸이, 레이스로 뒤덮인 원피스를 보자마자 자기가 어울리지 않는 곳에 발을 들였다는 사실을 깨달았다.

헉! 괜히 들어왔어.

가게에 있는 물건을 다 합한 것보다도 훨씬 더 요망한 사장님이 원을 오랜 친구라도 되는 것처럼 반갑게 맞이하지 않았다면 바로 뒷걸음쳐서 나갔을 것이다.

쭈뼛거리며 가게를 힐끔 돌아보다가 원은 나비 귀걸이를 보는 순간 넋이 나가버렸다. 온통 금가루가 뿌려진 검은 돌 주변에는 반짝이는 주황색 크리스털이 박혀 있고, 그 위로 커다란 검은 나비가 날개를 펼치고 있다. 연예인라면 몰라도 보통 사람들은 쉽게 엄두 못 낼 만큼 크고 화려하다.

원이 귀걸이의 엄청난 자태를 보고만 있자, 요망한 사장님이 상냥한 미소를 지으며 원에게 귀걸이를 착용해 보라고 했다. 다른 때라면 괜찮다며 사양하고 도망치듯 나왔을지도 모르지만 지금은 그러고 싶지 않다. 원은 매우 어색했지만 용기를 내어 귀걸이를 착용했다. 귀걸이의 무게가 귓불에 제대로 전해진다.

어라? 생각보다 잘 어울린다.

귀걸이를 하니 더욱 발랄하고 흥미로워 보였다. 전혀 딱 보면 알 수 있는 사람 같지 않다. 하지만 이런 걸 하고 갈 곳이 없다. 집에서 하면 아이들은 귀걸이를 잡아당기며 이게 뭐냐고, 왜 이런 걸 귀에 달았냐고 물어볼 것이다. 거대한 귀걸이를 하고 친구들을 만나면 다들 한마디씩 할 것이다. 설령 그 말이 칭찬일지라도 부담스럽다.

이렇게 화려한 건 나답지 않아. 얼른 빼자.

한쪽 귀걸이를 빼내던 원은 멈칫했다.

잠깐만.

한결같다는 말 때문에 속상했다. 그래 놓고 나답지 않다고 그만두는 건 앞뒤가 안 맞다.

나답다는 건 뭐지? 나다운 건 변하면 안 되는 건가?
나는 계속 성장하고, 배우고, 나이 들어가잖아.
그런 와중에 나답다는 걸 고수할 이유가 뭐람?
그리고 말이야, 나도 이런 걸
하고 싶을 때가 있다고!

지금까지 화려한 액세서리가 필요 없었던 건 하고 갈 데가 없었기 때문이다. 그런데 지금까지 가지 않았다고 앞으로도 가지 말라는 법은 없다. 나도 얼마든지 화려한 걸 하고 좋은 데 갈 수 있다.

한결같다는, 앞으로도 쭉 변하지 않을 거라는 말을 들었을 때 그 말을 뒤집고 싶었다. 그리고 지금이 그 기회다. 단순히 귀걸이를 사는 게 아니다. 과감하게 새로운 걸 시도해 보는 것이다. 그게 중요한 거다. 원은 비장함을 풍기며 신용카

드를 내밀었다.

"이거 주세요."

얼떨떨하다. 사자마자 괜히 산 거 아닌가 하는 후회가 밀려왔지만 뒤돌아보지 않기로 했다. 일단은 설렘을 만끽하자.

귀걸이를 하면 예뻐 보이는 건 귀걸이 자체 때문이라기보다는 예쁜 걸 착용한다는 즐거움에 들떠서 그런 게 아닐까? 사람을 빛나게 하는 건 즐거움이니까.

# 처음 가본
# 바(BAR)

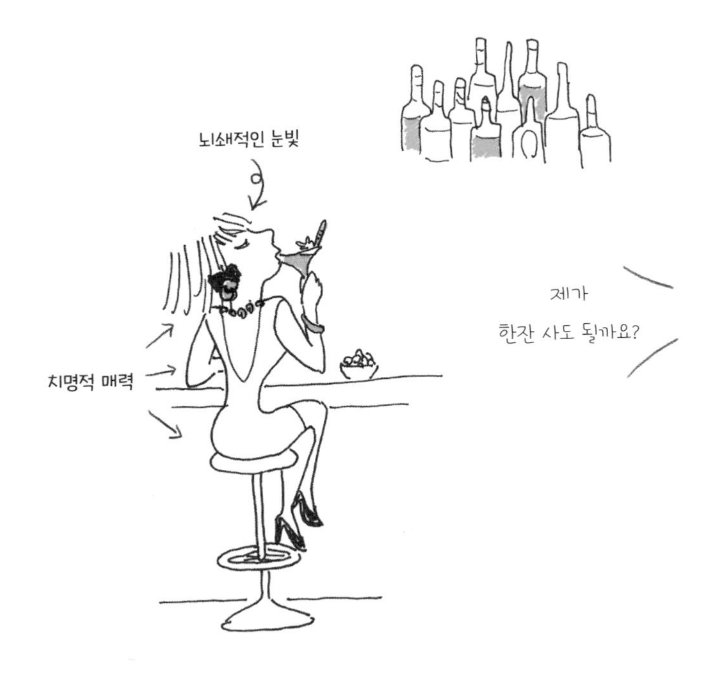
뇌쇄적인 눈빛
제가
한잔 사도 될까요?
치명적 매력

멋진 귀걸이를 샀는데 집에서만 뭉개고 있을 수는 없다. 원은 특별한 곳에 가기로 했다. 보통은 갈 생각도 하지 않는 그런 곳을. 그곳은 '바'였다.

원은 한 번도 바에 가본 적이 없다. 원에게 바는 영화에 나오는 것처럼 등이 깊게 파인 딱 붙는 드레스를 입고(드레스 안쪽에 권총까지 숨겨져 있으면 화룡점정), 치명적인 분위기를 풍기며 비싼 술을 마시러 가는 곳이다. 그러나 원이 드레스를 입고 비싼 술을 마실 일은 없다. 특히 권총을 숨길 일은 실현 가능성이 거의 없다. 플라스틱 물총이라면 몰라도(플라스틱 물총이야 장난감 정리함에 몇 개나 있다). 권총보다 더 가능성 없는 건 치명적인 분위기다. 대체 어떻게 해야 치명적인 분위기를 풍길 수 있을까? 입에 칼이라도 물어야 할까?

자신과는 상관없는 세상이라고 여겨서 여태 안 갔는데 계속 그렇게 생각하면 죽을 때까지 못 가볼 것이다. 바를 안 간다고 해서 불행한 것은 아니지만 한 번쯤 가본다고 해서 나쁠 것도 없다. 한 번 정도는 멋지게 차려입고(그러니까 귀걸이를 하고) 바에 가 칵테일을 마셔보고 싶다. 그런데 누구랑 가지?

남편이랑 갈 수는 없다. 대부분 바는 저녁 때 영업을 하는데 원이나 남편 둘 중 한 명은 집에 남아 아이들을 봐야 하기 때문이다.

친구들에게 밤늦게 바에 가자고 전화를 돌렸지만 돌아오는 대답은 “미안, 저녁 해야 해”, “피곤해”, “약속 있어”, “애들 학원 데려다줘야 해서 안 돼”, “바에 뭐하러 가? 맛있는 거나 먹지”였다.

그래서 그냥 혼자 가기로 했다. 그게 더 나을 수도 있다. 바가 어떤 곳인지만 살짝 보고 빨리 나올 수 있으니까. 애들 잘 시간까지는 집에 올 수도 있겠다.

원은 인터넷을 뒤져가며 신중하게 바를 고르기 시작했다. 젊은이들이 넘쳐나는 바보다는 고즈넉한 곳이 좋다. 시끄럽지 않고 조용한 곳, 화려하거나 너무 유행을 따르는 분위기보다는 시간이 오래 배어 있는 바가 좋다. 바텐더도 너무 젊은 사람보다는 나이가 있는 편이….

어라라, 이거 너무 중년 취향 아냐?

바를 고르는 기준을 생각해 보니 더 이상 청춘이 아니라는 것이 실감 간다. 뭐, 중년이 되어서야 바에 갈 마음이 들었으니 당연한 거다. 만일 일흔이 되어서 바에 가고 싶다는 생각이 들었다면 노년의 취향을 만족시키는 곳을 찾았을 것이다.

노인을 위한 바

폭풍 검색 끝에 한옥을 개조한 바를 찾아냈다. 그날 저녁 7시(개점 시간), 원은 귀뿌리가 빠질 만큼 무거운 귀걸이를 달고 '바'로 갔다. 거북목에 무리가 올지도 모르지만 정신력으로 버티기로 했다.

두툼한 나무 문을 열고 들어가자 뿔테 안경을 끼고 양복 조끼를 입고 넥타이까지 맨 중년 바텐더가 가볍게 고개를 끄덕이며 인사를 건넸다. 원은 잽싸게 제일 안쪽 구석 자리에 앉아 메뉴판을 찾았다. 그런데 메뉴판이 없다.

메뉴판을 달라고 해야 하나? 그런데 바에서도 메뉴판이라고 하나? 식당에서나 메뉴판이라고 하는 거 아냐? 와인은 리스트라고 하니까 칵테일 리스트라고 해야 하나? "리스트 주세요"라니, 이상해. 블랙 리스트도 아니고. 대체 뭐라고 해야 하지?

멋진 인테리어와 비싸 보이는 술병에 주눅이 들었지만 멋진 귀걸이를 떠올리며 용기를 쥐어짜서 메뉴판을 달라고 했다. 그러자 바텐더가 메뉴판은 없고 원하는 것을 만들어준다고 한다. 이것 참 난감하다. 칵테일에 대해서는 아는 게 없기 때문에 뭘 원하는지도 모른다. 메뉴판을 봐도 난감한 것은 마찬가지일 테지만. 그런데도 메뉴판을 원했던 것은 칵테일 종류를 보기 위해서가 아니라 가격을 보고 제일 싼 것을 고르기 위해서였다.

하는 수 없이 위스키를 달라고 하려다 그만두었다. 위스키가 무슨 맛인지 잘 모른다. 어쩌다 한잔 정도 얻어 마셔본 적은 있지만 독한 황갈색 술 정도라는 느낌만 받았다. 그나마 제대로 먹어본 술은 소주, 맥주, 막걸리, 싸구려 와인이 전부다. 대책 없이 무식할 때는 솔직하게 털어놓는 것이 상책이다.

"칵테일을 먹어본 적이 별로 없어서 뭘 주문할지 모르겠어요. 도와주세요."

너무 솔직하게 말한 것 같아 잽싸게 새빨간 거짓말을 덧붙였다.

그냥 와보긴 개뿔. 완전히 큰 맘 먹고 온 거지. 거짓말을 해도 피노키오처럼 코가 늘어나지 않아서 다행이다.

뻔히 들여다보이는 거짓말을 아는지 모르는지 바텐더는 저녁으로 무엇을 먹었는지 정중하게 물었다. 짬뽕을 먹었다고 했다. 그러자 입을 개운하게 해줄 살구 칵테일을 만들어 주겠다며 예쁜 레이블이 붙은 병들을 원 앞에 늘어놓았다. 이 병에 담긴 내용물이 살구 칵테일 만드는 데 사용되는 재료인 셈이다.

바텐더는 얼음을 넣어 컵을 차갑게 만들고 나서 얼음을 버렸다(앗, 아까워). 다른 컵에 커다란 얼음을 넣고 기다란 포크로 표면을 긁은 다음 물을 부어 헹구어 버리고 다시 다른 컵에 넣는다. 그다음에 병에서 주황색 액체를 따르고, 이파리를 으깨고, 거르고, 버리고, 섞고, 옮기고….

원은 빠르고 막힘없는 바텐더의 손놀림을 홀린 듯이 바라보았다. 신기하다. 단순히 술을 섞는 게 아니다. 나만을 위한 작은 공연을 보는 기분이다.

마술쇼 같아.

하마터면 박수를 칠 뻔했다. 겉으로는 가만히 있었지만 속으로는 열심히 박수를 쳤다. 마침내 바텐더는 싱싱하게 솜털이 나 있는 민트 잎으로 마무리 장식을 하고 원 앞에 완성된 칵테일을 내놓았다. 달콤한 살구 향과 함께 알싸한 향이 확 피어난다. 원은 기대에 부풀어 한 모금 마셨다.

오, 이런 술이 있구나.
소나무 숲에서 살구를 먹는 것 같아.

맛도 놀랍고, 지금 이 상황도 놀랍다. 내가 화려한 귀걸이를 하고 바에 앉아 듣도 보도 못한 술을 마시고 있다니.

얼마 전 얼떨떨한 기분으로 귀걸이를 충동구매 할 때만 해도 이럴 줄은 몰랐다. 그저 언젠가 예쁘게 꾸미고 좋은 곳에 가고 싶다는 희미한 바람이 있었고, 한 번쯤은 쓸모를 개의치 않고 마음이 동하는 대로 행동하고 싶었고, 새로운 시도를 해보고 싶었고, 변하고 싶었다.

그때 귀걸이를 사지 않았다면 귀걸이를 하고 갈 곳을 찾지 않았을 것이고, 굳이 남편에게 애를 맡기고 바에 올 엄두도 못 냈을 거야. 하지만 혹하는 대로 했고, 해보지 않은 경험을 하고 있다. 이게 바로 나비 효과네.

메뉴가 없어 가격이 얼마인지는 모르지만 에라, 모르겠다. 일단 즐기자. 내 인생의 첫 바에서 칵테일!

귀걸이가 무거워서 잠시 내려놓았다. 반짝이는 귀걸이를 가만히 보는 것은 또 다른 즐거움이었다. 나비가 앞으로 또 어떤 변화를 불러일으킬까?

나비 귀걸이를 산 이후로 조금씩 바뀌었다. 전에는 액세서리는 본 척도 안 했는데 이제는 유심히 보고, 귀걸이를 달고 어떤 좋은 곳을 갈지도 열심히 찾아본다. 친구들과 함께 바도 다시 한번 갔다. 나중에 남편이랑도 같이 갈 것이고 아이들이 성인이 되는 날에도 함께 갈 것이다. 스무 살이 된 기념으로 멋진 바에 데려가 주는 엄마라. 어쩐지 멋진걸.

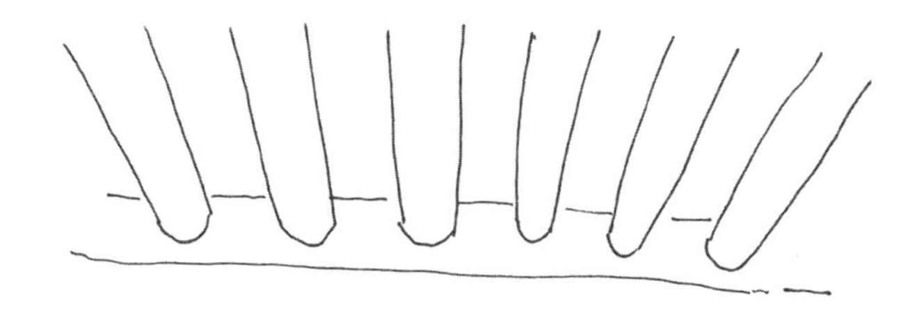

엄마랑도 같이 와봤으면
좋았을걸.
캬아,
바로 이 맛이야.
무거워서
잠시 내려놓은 귀걸이
엄마의 선택은 아마
위스키 스트레이트, 아님 생짜 보드카

# 바이올린 연습

원이 바이올린을 시작했다. 음악에 대한 애정 때문은 아니다. 음악을 거의 듣지도 않고, 노래는 아예 부르지 않는다. 특히나 클래식에 대해서는 일자무식이다. 클래식을 듣다 보면 어느 순간 백색 소음처럼 들린다.

그런 원이 바이올린을 시작하게 된 것은 횡단보도에서 마주친 할머니 때문이다. 넉넉한 검정 정장 차림을 한 회색 머리의 할머니가 바이올린 케이스를 한 손에 들고 있었다. 어쩌면 그 바이올린은 할머니 것이 아니었을지도 모른다. 바이올린을 배우는 손주에게 가져다주는 것일지도 모른다. 그렇지만 검정 정장을 입고 무심하게 바이올린을 든 노인의 모습은 원에게 강한 인상을 남겼다.

원이 좀 더 어렸다면 노인이 무엇을 들고 있건 간에 눈에 안 들어왔을 것이다. 20대나 30대까지도 노인은 자기와 상관없는 존재처럼 여겼다. 그런데 이제 남의 일이 아니다. 원도 얼마 안 가 노인이 된다. 그래서 원은 길에서 마주치는 노인을 유심히 살펴본다.

저 할머니는 등이 매우 꼿꼿하구나. 건강하고 당당해 보여, 저 할아버지는 근엄하면서도 다부진 느낌이구나, 저 할머니는 왜 얼굴을 저렇게 일그러뜨리고 있는 걸까? 기분이 안 좋은 걸까, 아니면 평생 저런 표정을 짓다 보니 얼굴에 표정이 굳어버린 걸까?

각양각색의 노인을 들여다보며 자신은 어떤 모습으로 늙고 싶은지, 원하는 모습으로 늙으려면 어떻게 해야 할지를 곰곰이 생각했다.

등을 펴고 가슴을 움츠리지 말자. 가능한 미간을 찌푸리지 말고 표정을 부드럽게. 목소리도 너무 크게 하는 건 안 좋아. 그리고….

바이올린을 든 할머니를 본 순간 원은 흰머리를 날리며 바이올린을 켜는 자신의 모습을 상상했다.

바람이 휘몰아치는 황무지에서 오케스트라가 연주를 하고 있다. 앉아 있는 단원 사이로 나 혼자 우뚝 서서 흰 머리카락을 날리며 폭풍 연주를 한다.

상상 속에 펼쳐진 자신의 노년 모습에 홀라당 매혹되어 버린 원은 당장 바이올린을 배우기로 했다.

'이 나이에 바이올린을 배워서 뭘 하나?'라는 생각도 들었지만 바로 무시했다. 멋을 내면 뭐 하나? 책을 읽어서 뭐 하나? 수다 떨면 뭐 하나? '이걸 해서 뭐 하나?'란 생각에 빠지기 시작하면 아무것도 할 수 없고 아무것도 즐길 수 없다. 지금 나는 살아 있다. 그것만으로도 바이올린 시작할 이유는 충분하다.

지금이 딱 좋은 때인 거야!
때마침
불어온 바람
휘잉~
결심을 할 때는 두 주먹을
불끈 쥐는 구식 연출을 즐긴다.


며칠 후 중고 악기를 구입하고 동네 음악 학원에 등록을 했다. 매일 연습하면 내년에 직접 생일 축하 노래를 연주할 수 있지 않을까? 그다음에는 아마추어 오케스트라에 들어갈 생각이다. 너무 못하면 맨 뒤에서 활싱크(활을 켜는 흉내만 내고 실제로 소리는 내지 않는 것)하게 될지도 모른다.

아, 그건 싫어. 연습, 연습만이 살 길이다.

가슴을 활짝 펴고, 활을 조심스럽게 현 위에 올리고, 어깨에 힘을 빼고 부드럽게 그었다.

끼이이이익.

아이들과 남편은 원이 바이올린 연습을 하면 너무 괴로워

하기 때문에 아무도 집에 없을 때만 연습을 한다. 민폐는 끼치지 말자.

바이올린을 배우기 시작하자 여러 가지 변화가 생겼다. 음악을 열심히 찾아 듣고, 유튜브로 연주자들의 공연도 보고, 음반도 산다. 무엇보다도 예전에는 음악과 관련된 자신의 모습을 떠올려본 적이 없는데 지금은 자주 떠올린다. 그래서 설레고 즐겁다.

# 예쁜 그릇

젊은 시절의 엄마,
그때는 다 큰 어른이라 여겼는데
지금의 원보다도 젊었다.
좋은 그릇에 담아 먹어야
귀한 사람이 되는 거야.
와, 토끼다.

예쁜 그릇을 모으는 건 엄마가 누리던 몇 안 되는 즐거움 중 하나다. 그동안 모은 그릇을 한꺼번에 꺼내 젖은 수건으로 닦으면서 저 그릇은 언제 샀고, 이 그릇은 어떻게 얼마에 샀는지 필요 이상으로 자세하게 말하는 것도 엄마가 즐기는 월례 행사였다. 원은 듣는 둥 마는 둥 했지만 엄마는 신경 쓰지 않고 그릇에 대한 사적인 역사를 줄줄 읊었다.

어차피 음식은 맛과 영양 때문에 먹는 거니까 어떤 그릇에 담겨 있건 상관없다고 생각했던 원은 살림을 하면서도 그릇은 사지 않았고 아이들이 태어나고는 잘 깨지지 않고, 값싸고, 가벼운 플라스틱 식판을 사용했다.

처음 엄마가 남긴 그릇을 가지고 왔을 때 원은 그릇을 팔아버리려고 했다. 그 많은 그릇을 둘 데도 없는데다가 필요도 없기 때문이다. 그러나 엄마와 그릇을 닦으며 보냈던 시간, 엄마가 그릇에 쏟았던 애정이 떠올라 도저히 팔 수 없었다. 그래서 하는 수 없이 가지고 있던 가볍고 튼튼한 싸구려 그릇을 없애버리고 엄마의 그릇을 사용하기 시작했다.

그러자 묘한 일이 일어났다. 이전에는 그릇은커녕 자기가 뭘 먹는지조차 관심이 없던 큰 애가 커다랗고 파란 그릇에 애착을 갖고 항상 그 그릇만 사용했다. 둘째 역시 하늘색과 흰색이 어우러진 접시가 멋지다며 그 그릇에다 밥을 담아달라고 부탁을 했다. 아이들은 저마다 좋아하는 그릇에 음식을 담고는 이렇게 좋은 그릇에 밥을 먹으니 뭔가 특별해진 기분이 든다고 했다.

아이들을 보니 원은 어릴 때 토끼 그릇에 밥 먹을 때의 기억이 되살아났다. 옴폭한 흰색 접시였는데, 가운데 검은 토끼, 갈색 토끼, 흰 토끼 세 마리가 꽃밭에 앉아 있는 그림이 있었다. 음식이 비워지면서 점점 드러나는 예쁜 그림을 보는 것이 즐거웠다. 제일 좋아하는 흰 토끼 부분은 싹싹 긁어 먹는 바람에 유독 긁힌 자국이 많았다.

이제 원은 열심히 엄마의 그릇을 사용한다. 음식과 어울리는 그릇을 고르고 음식을 담고 상을 차리자 왜 엄마가 음식을 예쁜 그릇에 담고자 했는지 알 것 같다. 예쁜 그릇에 보기 좋게 담긴 음식이 놓이자 평범하고 초라해 보이던 식탁이 별안간 특별하고 꽉 차 보인다.

이 맛에 엄마가 예쁜 그릇에 음식 담는 걸 좋아했구나. 이 특별함이 좋았던 거야.

엄마가 죽고 처음 맞는 엄마의 생일 날 황금빛 광택이 도는 붉은 그릇을 샀다. 원 스스로를 위로하기 위해서.

붉은 그릇에 직접 구운 당근 케이크를 올렸다.

# 능소화 그림

원이 굉장한 일을 해냈다. 그림을 산 것이다. 작가의 진짜 그림을!

어릴 때부터 예쁜 그림을 벽에 붙이는 것을 좋아했다. 포스터, 예쁜 포장지, 엽서, 동화책 표지, 미술관에서 파는 프린트 등등 예쁜 그림을 벽에 붙이고 하염없이 바라보며 언젠가는 인쇄물이 아닌 진짜 그림을 걸면 좋겠다고 생각했다. 그러나 인쇄물이 아닌 원화를 방에 거는 일은 쉽지 않다. 마음에 드는 그림을 찾는 것도 어렵고, 설사 마음에 드는 그림을 찾는다 해도 가격이 어마어마했다.

맥주, 치킨, 귀여운 소품, 할인특가 여행에 야금야금 돈을 써버리며 그림에 대한 꿈은 저 멀리 장외 홈런볼처럼 날려버린 채 살던 어느 날이었다. 별 생각 없이 친구 따라 갔던 전시회에서 잊혔던 꿈이 확 피어올랐다. 꿈에 그리던 그림을 본 것이다.

원이 한눈에 반한 건 은은한 흰 비단에 그려진 주황색 능소화 그림이다. 그림을 보는 순간 다른 그림을 보고 싶은 마음이 싹 사라졌다.

그래, 이거야. 이게 내가 원했던 그림이야. 여름에 주황색 꽃을 피우는 능소화는 생명력이 강하다. 담장, 지붕, 벽, 커다란 나무 등을 타고 올라가서 하나 가득 핀 능소화는 뜨거운 여름 햇살 아래 불꽃처럼 보인다. 원은 그림을 보자마자 자신을 이입했다.

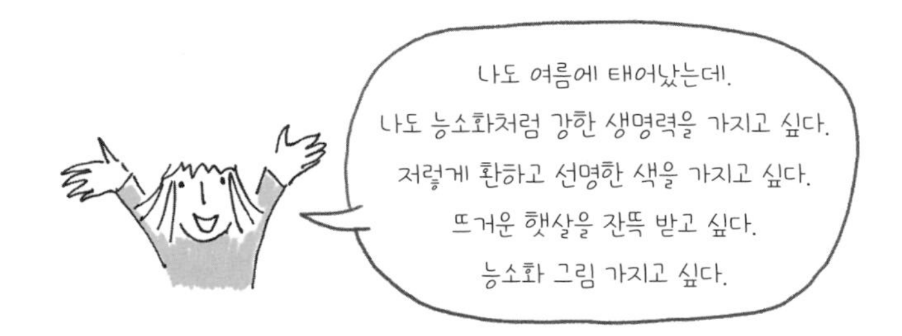

나도 여름에 태어났는데.
나도 능소화처럼 강한 생명력을 가지고 싶다.
저렇게 환하고 선명한 색을 가지고 싶다.
뜨거운 햇살을 잔뜩 받고 싶다.
능소화 그림 가지고 싶다.

원은 그 자리에서 그림을 사겠다고 했다. 남편과 아이들이 머릿속을 스치며 양심의 가책을 살짝 느꼈지만 마법의 주문을 중얼거리며 가책을 떨쳐냈다.

나만을 위해 물건을 살 때 되뇌는 마법의 주문(이 주문을 읊으면 내 손에 원하는 것이 들려 있다) : 지금까지 열심히 살았으니 당당히 살 자격이 있다, 나름 아끼며 살았으니 이 정도는 사도 된다, 죽으면 못 즐기니 지금 사야 한다.

그림을 사면 상당히 오랫동안 쪼들리겠지만 볼 때마다 기쁠 것이다. 요양원에 들어가게 되면 다른 건 몰라도 그림만은 가지고 들어가야지. 이렇게 예쁜 그림이 있으면 아무리 삭막한 방도 화사해지겠지. 죽기 전 마지막으로 보는 것이 능소화 그림이어도 좋을 것 같다.

그림이 팔렸다는 표시로 빨간 스티커가 그림 아래에 붙자 가슴이 두근거린다. "내 그림이에요"라며 전시장이 떠나가라 소리치고 싶었지만 차마 그러지 못했다. 대신 그림 곁에서서 괜히 싱글싱글 사람들에게 눈웃음을 쳤다.

당장 가져오고 싶었지만 전시가 끝날 때까지는 가져올 수 없었다. 그래서 아이들을 데리고 전시장에 갔다. 아이들에게 빨간 스티커가 붙은 능소화 그림이 엄마가 산 그림이라고 감격에 겨워 설명해 주었지만 아이들은 시큰둥했다. 그나마 예절 교육을 순순히 받아들였던 큰 아이가 "멋진데요"라고 말했고 본능에 매우 충실한 작은 아이는 언제 피자 먹으러 가냐며 칭얼거렸다. 그래도 원은 뿌듯했다.

"이렇게 예쁜 그림을 사는 게 엄마 어릴 때 꿈이었어. 너네도 지금 가진 꿈을 언젠가 실현하게 되면 알 거야. 지금 엄마가 얼마나 기쁜지 말이야."

그림이 도착하자 원은 그림이 바래지 않도록 해가 안 드는 곳에 두고, 그림 앞에 도자기 새 두 마리와 작은 유리병에 담긴 담쟁이를 놓았다. 한동안 잊고 있던 꿈이 실현되는 순간이었다. 원래는 그저 어둑한 구석 자리, 죽은 공간이었는데 그림이 놓이자 집에서 제일 예쁜 공간이 되었다. 새와 꽃, 나비가 다 모인 이곳은 원의 작은 꽃밭, 언제나 여름, 원의 생일날이다.

그래서 네가
나를 닮은 거야.
진짜 예쁘다.
그림을 마주 보고
물을 마시는 것으로
하루를 시작한다.
계속 보면 닮게 되지 않을까?

# 하양이에게
# 빠졌어

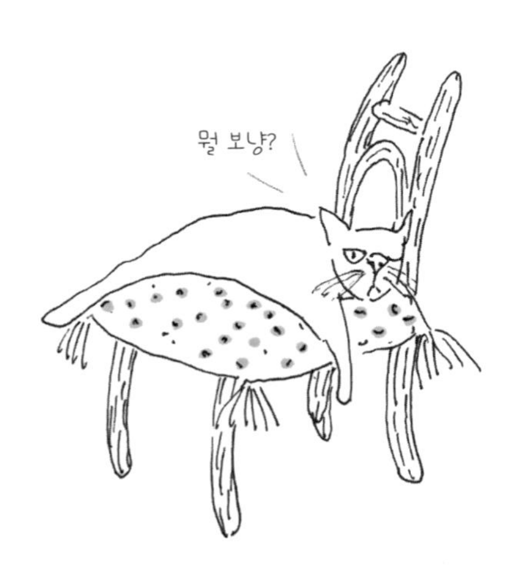

"이것 좀 봐. 하양이가 소파에 코를 박고 자다가 내가 사진 찍으니까 쳐다보는 거 있지? 너무 사랑스럽지 않아?"

정아는 하양이 사진을 열심히 보여준다. 원이 보기에는 별로 차이가 없는데 정아는 전부 다르다고 한다.

"잘 봐. 눈이 조금씩 커지고 있잖아. 눈동자 위치도 살짝 바뀌고 말이야. 어느 것 하나 버릴 게 없다니까."

정아는 2년 전 친구네 고양이(하양이)가 낳은 새끼 고양이들을 보러 갔다가 하양이와 만나게 되었다. 원래 주인은 하양이 성격이 너무 까탈스럽다며 계속 투덜거렸다.

"입도 너무 짧고 너무 예민한데다가 정도 없어. 사람 옆에 잘 오지도 않고. 지가 난 새끼도 별로 안 좋아해. 잘 핥아주지도 않더라고. 난 쟤가 너무 깍쟁이 같아서 싫어. 어리면 입양이라도 생각해 볼 텐데 이미 다 커서 데려가는 사람도 없을 거야."

그러나 정아는 하양이가 좋았다. 새침데기처럼 거리를 두고 경계하는 모습도 조심스러워 보여 좋았고 1인용 소파를 혼자 당당히 차지하고 털을 핥는 모습도 좋았다.

정아는 고심고심 하다 혹시 하양이를 한 달만 맡아서 키워봐도 되겠냐고 물어보았다. 만일 하양이가 자기 집에서 잘 지낸다면 하양이를 입양하고 싶다고 했다. 친구는 놀란 눈으로 정아를 바라보았다. 정아는 생전 동물을 키워본 적도 없는데다가 유난히 깔끔해서 집 안에 먼지 한 톨 굴러다니는 것도 용납하지 못한다. 그래도 정아가 결코 빈말하지 않는 성격이란 걸 알기에 친구는 하양이를 보냈다.

그리고 한 달 후 정아와 하양이는 떼려야 뗄 수 없는 사이가 되었다. 하양이가 온 지 얼마 안 되었을 때였다. 정아는 연이은 야근과 일에 대한 스트레스 때문에 심하게 몸살이 나서 회사도 나가지 못하고 하양이 물과 사료만 겨우겨우 챙겨주고 침대에 기어 들어가 죽은 듯이 누워 있었다. 그러자 그때까지 정아 곁에 오지 않던 하양이가 침대 위에 올라오더니 정아 가슴 위에 흰 찹쌀떡 같은 발을 얹고 한참 꾹꾹이를 했다. 더 나아가 정아 옆구리에 딱 달라붙어 머리를 비볐다. 마치 힘내라고 응원하는 것처럼. 정아는 예상치 못한 하양이의 행동에 놀라면서도 기뻤다. 그리고 하양이와 사랑에 빠져버렸다.

이전 주인 말처럼 하양이는 입이 짧아 자기가 좋아하는 사료가 아니면 아예 입도 대지 않고, 잠도 꼭 정해둔 곳에서만 자고, 평소에는 사람에게 쉽게 다가가지 않다가도 필요할 때는 정아가 들여다보는 노트북 위에 엉덩이를 대고 앉아 야옹거린다. “어서 나와 놀아주거라”라고 명령하는 여왕님 같은 표정으로 말이다. 이전 주인은 이런 모습이 제멋대로라고 싫어했지만 정아는 이 모습마저도 너무 사랑스럽다.

“완전 내숭쟁이에 밀당 장난 아니라니까. 그런데 너무 빤히 보이는 저 내숭이랑 밀당이 너무 귀여워. 아무거나 안 먹는 도도함도 좋아. 정말 특별해.”

하양이 이야기를 할 때면 자동으로 눈이 가느다란 반달이 되어 콧소리를 내는 정아를 보며 원은 생각했다.

아, 제대로 빠졌군.

하양이가 하루아침에 변했을 리는 없다. 단지 이전 주인은 하양이에게 전혀 매혹되지 못했고 정아는 매혹을 넘어 미혹되었다는 차이만 있을 뿐이다. 다시 한번 깨닫는다. 미혹이야말로 콩깍지. 사랑의 힘이다!

하양이가 오기 전 정아는 일이 끝나면 밖에서 친구들과 맥주를 마시는 날도 많았는데 이제는 하양이가 보고 싶어 총알처럼 집으로 달려간다. 가능한 약속도 잡지 않는다.

"나는 어릴 때부터 책임감이란 게 너무 무겁다고 느꼈어. 그런데 하양이에 대한 책임만큼은 너무 즐거워서 마치 하양이가 내게 책임질 특별한 기회를 주는 것처럼 여겨진다니까.

하양이가 나를 기다린다고 생각하면 마음이 찡하면서도 너무 기뻐."

누가 쓸모없다 그래?

# 패시네이터

패시네이터 쓰고
패셔너블하게 장 보기

와, 이거 보통이 아닌데.

가게 한쪽에서 범상치 않은 아우라를 내뿜는 진홍색 머리띠를 보며 원은 눈이 휘둥그레졌다. 분홍색 깃털과 윤기가 흐르는 비단, 그리고 스팽글로 만들어진 호화로운 머리띠는 원과 눈이 마주치자(물론 머리띠에 눈이 달리지는 않았다. 그런데 눈이 달렸다고 착각할 만큼 존재감을 갖고 있었다) 얼른 머리에 올리라는 주문을 걸었다. 원은 주문에 따라 냉큼 머리띠를 집어 들었다. 고분고분 머리띠를 착용하고 거울을 들여다보았다.

오오, 엄청 화사하다. 내 외모가 한 단계 업그레이드된 기분이 든다. 이 정도면 젊은이들 사이에서도 꿇리지 않겠다(자신감은 착각에서 기인한다). 무척 마음에 들기는 한데 마음에 걸리는 부분이 있다.

언제 쓰지? 지구인 대표로 외계인 맞이할 때? 사이비 점쟁이 역할 오디션 보러 갈 때? 놀이동산에서 솜사탕 팔 때? 집에서 무지개떡을 쌓아두고 지나치게 성대한 잔치할 때?

이런저런 생각에 빠지다 살그머니 머리띠를 벗었다. 그러자 거울 속의 재미있고 발랄한 사람은 순식간에 40대의 평범한 중년으로 변해버렸다. 어떤 배경에도 무난하게 녹아드는 모습, 조금의 일탈도 없는 익숙한 모습이다. 원은 머리띠를 다시 쓰지도 못하면서 손에서 놓지도 못했다.

유심히 원을 지켜보던 사장님이 미끄러지듯 다가와 이건 머리띠가 아니라 패시네이터라 부른다고 했다. 멋쟁이들은 연주회나 파티 같은 특별한 행사에 참석할 때 착용한다고, 영국의 왕세자비도 애용한다고 알려주었다.

오호라, 왕세자비도 쓴다고?

원의 마음은 짐볼에 올라간 힘없는 몸뚱이처럼 요동친다.

사고 싶다.

아니야, 내가 왕세자비도 아니고
중요한 행사에 초대받는 일도 없을 거야.

왕세자비만 쓸 수 있는 건 아니잖아. 그리고 중요한 행사에
초대받지 않는다니 무슨 소리야?
마트 초특가 행사에 얼마나 자주 초대받는데.

초특가 행사에 패시네이터를 쓰고 가면 이상하지 않을까?

뭐가 이상해? 이걸로 사람 찌를 것도 아닌데.
패시네이터 쓰고 가면 사람들이 길을 비켜줄 거야.
그럼 장 보기가 훨씬 수월하겠지.

아니야. 쓸모없는 물건이야.

그럼 지금까지 샀던 무수히 많은 물건은 쓸모 있는 것이었나?
쓸모없기로는 피노키오 연필깍이를 따라갈 게 없지.
값비싸게 산 목마 오르골은 쓸모가 있어서 그렇게 좋아하는 거야?

정신이 번쩍 든다.

그렇다. 난 쓸모없는 것을 사는 데 엄청난 돈과 에너지와 시간을 쏟아부었지만 후회하지 않는다. 패시네이터가 쓸모없다는 이유로 사지 않는다면 지금까지 사들인 쓸모없지만 혹하게 만든 것을 부정하는 셈이다. 무엇보다 나란 인간이 이 세상에 얼마나 쓸모없는가를 생각하면 쓸모없다고 외면할 수 없다.

원이 없어도 세상은 잘 굴러간다. 딱히 대단한 역할을 했던 적도 없다. 그럼에도 불구하고 원은 가족과 친구들에게 나름 중요한 존재라고 믿고 그 맛으로 살아간다.

그래서 내가 쓸모없는 것들에 애정을 갖는 건가? 동병상련이어서?

거창하게 생각할 것도 없다. 한순간 마음이 끌렸고, 설렜으니 그것으로 충분하다. 쓸모없겠지만 그래도 살 거다. 아니, 쓸모없을 것이 확실하니 더더욱 사야겠다.

원은 룰루랄라 패시네이터를 쓰고 의기양양하게 집으로 돌아와 글을 썼다. 앞에 작은 거울을 두고 힐끔거리면서. 나중에 작가로 유명해지면 팬사인회 때 쓸 것이다.

오늘도 신나게 달려보자!

남편이 올 때가 되자 슬그머니 패시네이터를 찬장 꼭대기에 숨겼다. 혹시나 쓸데없는 데 돈을 썼다고 뭐라고 할까 봐. 나도 쓸데없는 데 돈 쓴 거 알아. 그래도 쓰고 싶었다고.

쓸모없지만 여전히 좋아하는
피노키오 연필깎이
연필 꽂는 구멍
연필을 깎는 순간 턱이 빠져
톱밥과 흑연가루가 온 사방에 날린다.
아악!
지저분

# 한 번도
# 입지 않은 옷

멋짐 폭발하는 점원이 강력 추천해 준 옷

특별한 때 입으려고 사놓고 한 번도 입지 않은 옷이 있다. 터틀넥의 신축성 있는 검은 원피스로 이 옷을 입으면 내가 봐도 멋져 보인다(내가 봐서 멋져 보이는 것일 수도 있지만). 친구들을 만나거나 결혼식에 갈 때마다 제일 먼저 그 옷을 꺼내 입고 거울에 비춰 보며 흐뭇해하지만 너무 차려입은 것 같아 막상 나갈 때는 다른 옷을 입는다. 그 옷은 좀 더 특별할 때 입으려고. 그렇게 미루다 보니 여태까지 갔던 모든 음식점과 모임에는 좋은 옷 대신 낡은 원피스나 바지에 셔츠를 입고 나갔다.

엄마도 분명 몇 번이나 반지를 끼고 외출하려고 했을 것이다. 모임이 생기면 며칠 전부터 반짝이는 반지를 끼고 나갈 생각에 행복해하며 집에서 몇 번이나 끼고 바라보았을 테지. 하지만 막상 반지를 끼면 어색하고 쑥스러워 반지를 옷장 안에 넣어두고 나간 게 아닐까? 나중에 진짜 특별할 때 낄 것이라 생각하면서. 그러다 결국 반지를 끼고 외출하는 즐거움은 만끽하지 못했다.

시도 때도 없이 굴러다니는 먼지 덩어리 줍는 중

불현듯 엄마랑 백화점 구경 갔던 기억이 떠올랐다. 엄마는 폭탄 세일을 한 블라우스를 샀고 원은 파란 꽃무늬가 있는 원피스를 샀다. 좋은 걸 싸게 샀다고 기뻐하며 지하 식당가에서 옥수수 찐빵을 하나 사서 나눠 먹었다. 그 당시에는 별것 아닌 일이라고 여겼는데 돌이켜 보니 특별한 추억으로 남았다.

그 외에 떠올린 특별한 때.

+ 수산 시장에서 회를 뜨던 아저씨가 생선회를 뜰 때는 언제나 칼을 당겨서 살을 잘라야 예리하게 잘 잘린다고 했다.

그 말은 듣고 딸기를 자를 때 칼을 당겨서 잘라보았다. 확실히 훨씬 더 예리하게 잘렸다. '쓱' 하고 딸기가 베이던 느낌에 저도 모르게 '와' 하고 감탄을 내질렀다. 이때 사용했던 노란 손잡이의 칼과 빨간 딸기, 딸기가 놓였던 검은 접시의 모습이 선명하게 각인되었다.

+ 새벽에 음식물 쓰레기를 버리러 나갔다가 본 아파트 벽에 드리워진 보라색 나무 그림자가 그렇게 아름다울 수가 없었다. 그날 이후로 새벽에 나갈 때마다 벽에 비친 그림자를 봤지만 그때만큼 예뻐 보이지는 않았다.

+ 공원 풀밭에 누워 있던 순간. 첫째 아이가 작은 배낭을 메고 원의 둘레를 깡충거리며 뱅글뱅글 돌았다. 초록색 풀밭, 흰 티셔츠, 하늘색 반바지를 입고 달리는 작은 아이의 모습이 슬로우 모션처럼 느리고 선명하게 기억에 남았다.

+ 둘째가 기저귀를 떼기 전 응가를 할 때면 꼭 원의 손을 잡고 쪼그려 앉아 힘을 주었다. 부엌 한 구석 살짝 어둑한 곳에서 둘째와 함께 쪼그려 앉아 있던 순간. 얼굴이 발갛게 힘을 주던 아이가 너무 사랑스러웠다.

어라? 특별한 때를 떠올리려 했는데 왜 이런 순간만 떠오르지? 남편에게 프로포즈를 받는 순간이나 아이들이 태어났던 순간은 왜 떠오르지 않는 거야?

더없이 평범하지만 그럼에도 불구하고 그 순간 미혹되었기 때문에 특별하게 남은 것이 아닐까? 아무리 대단한 일이나 장면도 미혹되지 못했다면 특별하게 여기지 못할 것이다. 모든 순간이 특별해질 수 있으니 특별할 때를 위해서 아끼는 건 하지 말자. 아끼다 똥 된다는 말이 괜히 나온 게 아니다.

원은 언제 올지도 모르는 날을 위해 아끼느라 한 번도 입지 않은 옷을 꺼내 입고 케이크를 사러 갔다.

20대가 예쁘게 놓인 케이크와 함께 셀카를 찍고 있었다. 이전에는 '저런 걸 왜 찍지?'라고 생각했는데 처음으로 셀카를 찍는 마음, 맛있게 차려진 음식을 찍는 마음이 이해되었다. 미혹되어 특별해진 순간을 간직하고 싶은 거구나.

멋진 옷을 입은 기념으로 첫 셀카를 찍었다. 으, 어색해. 사진을 보니 팔자주름이 선명하게 따악, 나이가 이토록 적나라하게 드러나다니! 그런데 나 정말 엄마와 닮았구나.

네가
가라
하와이
팔자
주름이
딱!
앗!
이게 나라고?
옷이 날개라더니
나에게는
펭귄 날개였나 보네.

# 금세
# 시든 꽃

아무리 좋은 것도 한순간뿐이야.
모든 것은 순식간에 사라져. 엄마도 사라졌고,
엄마가 애지중지 키우던 화초도 사라졌어.
나도 언젠가 사라질 거고, 지구도 사라지겠지.
그리고 이 맥주도….
맥주가 사라지는 게 제일 아쉽네.
맥주
이미 흔적도 없이 사라진 오징어 다리
며칠째 사라지지 않는 얼룩

원은 자기 자신을 위해 꽃을 산 적이 없다. 옷, 케이크, 커피는 사면서 꽃만큼은 사지 않았다. 꽃이 아름다운 시간은 너무 짧다. 2~3일이면 꽃은 생기를 잃고 끝부분이 주글주글해지고 갈색으로 변하기 시작한다.

이걸 보면 왠지 모르게 조바심이 들어 분무기로 꽃잎에 물을 뿌리기도 하고 인터넷에서 '꽃이 오래 가는 법'을 찾아 약품 처리도 하고 물도 자주 갈아보지만 시들어가는 것을 막을 수는 없다. 얼마 안 가 싱싱한 아름다움이 사라진 자리에 쪼그라든 죽음이 남는다. 짧은 시간의 극단적인 변화 때문에 꽃은 음식에 비해 훨씬 더 허망하게 느껴진다.

허망함만이 문제가 아니다. 그토록 아름답던 존재가 흐물흐물하고 냄새나는 갈색 덩어리로 변하는 모습은 원에게 나의 젊음(이미 상당히 칙칙하고 흐물흐물해진)도 얼마 안 가 사라지고 죽음을 맞이할 것이라는 사실을 적나라하게 인식시켜 준다. 그래서 꽃을 사려면 허망한 쓰레기를 마주할 용기가 필요하다.

인생은 결국 사라진다. 허망하냐고? 세상이 원래 그렇다. 그냥 받아들이고 사라지기 전에 누리는 것이 내가 할 수 있는 전부다. 괜히 부질없다, 가치 없다, 쓸데없다고 생각하다 보면 사라지지도 않았는데 즐기지 못할 뿐이다. 이렇게 생각해 봐도 너무 금방 사라지고 마는 꽃은 즐겁게 대할 수가 없었다.

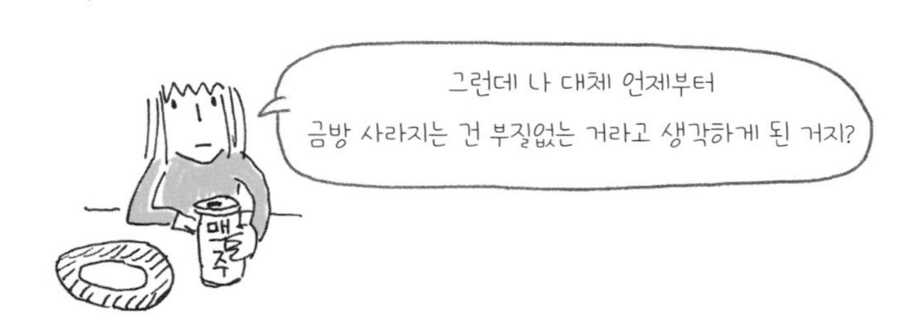

어릴 때는 오래 먹을 수 있는 눈깔사탕이나 껌보다 혀에 닿자마자 사라지는 솜사탕을 훨씬 더 좋아했다. 커다란 솜사탕이 내 입속으로 들어와 순식간에 사라지는 모습이 마법 같았다. 비눗방울도 좋아했다. 언제 터질지 몰라 조마조마하면서도 비눗방울이 두둥실 떠가는 것을 보는 게 즐거웠다. 그러다 터지면 아쉬웠지만 아쉬움도 잠깐, 터지는 모습에 또 깔깔거렸다.

어릴 때 그렇게 많이 웃고 즐거워할 수 있었던 건 순식간에 사라지는 것에 대해 슬퍼하거나 허망하게 여기지 않고 순간을 즐겼기 때문이다. 순간에 온전히 미혹되었기 때문에 어린 시절엔 빛나고 즐거운 순간으로 가득했다.

순간을 즐기지 못하면 어떤 것도 즐길 수 없다. 충분히, 완벽하게 그 순간 미혹될 수 있는 것은 축복이다. 그래서 원은 꽃을 샀다. 처음으로 나 자신을 위해서.

아름다운 순간이 곧 사라질 것을 알기 때문에 더욱 열심히 아름다움을 만끽하려 한다. 향기도 열심히 맡고 세부적인 부분까지 꼼꼼히 살펴본다. 그러면서 아름다움에 더욱 더 놀라고, 시든 꽃을 보며 지나버린 아름다움이 얼마나 대단했는지를 되새긴다.

꽃을 혼자만 보기 아까워 친구를 집으로 불러 차를 마셨다. 그리고 귀걸이를 산 가게에도 한 송이 주러 갔다. 나비 귀걸이를 달고!

원은 자기 장례식장에서 쓸 꽃도 미리 정해놓았다(이거야말로 진짜 부질없는 짓이다). 흰 국화는 싫다. 장례식 꽃으로는 노란 수선화가 제일 좋긴 한데 수선화 개화 시기(1~3월)에 맞춰 죽을지는 잘 모르겠으니 꽃이 나오는 철마다 나누어 정해놓았다.

얼마 남지 않은(100년도 안 남았다!) 시간을 대비하여 유언장을 만들어두었는데 1번 항목이 계절별 꽃 리스트다. 제일 중요해서 1번이 된 것이 아니라 원이 죽은 다음에 제일 먼저 이행될 항목이어서 그렇다. 죽으면 바로 장례식을 치러야 하니까.

일주일마다 꽃을 사고 제일 예쁜 꽃을 엄마와 함께 찍은 사진 앞에 둔다. 살아 있을 때 꽃 안 사줘서 미안해.

# 부싯돌 장난감

너무 세게 그으면 성냥이 부러지고
너무 살살 그으면 불이 안 붙어
딱 적당하게 그어야 하지.
육각 성냥
물컵
접시


화장실 바닥에 앉아 성냥을 가지고 놀던 원

키덜트 문화가 선풍적인 인기를 끌고 사람들이 어린 시절의 향수에 젖어 피규어, 레고, 아날로그 게임, 만화 캐릭터 등 장난감에 돈을 퍼부을 때에도 원은 흔들림 없었다.

동자 귀신이 들렸나? 어린 시절 무슨 한이 맺힌 거야? 그렇다 한들 이제 와서 장난감을 사는 게 무슨 소용이람? 어린 시절 가지고 놀던 것만큼 재미있을 리가 없는데. 장난감을 하나 가득 사봤자 어린 시절로 돌아갈 수는 없다고.

그런데 내가 퍼부은 비판이 나에게 부메랑처럼 돌아온다. 바로 지금처럼.

오, 신기해.
세상에 이렇게 좋은 것이 있다니!
태엽을 감으면 바퀴가 굴러가면서
부싯돌이 마찰되어 타닥타닥 노란 불꽃이 튄다.
와
짝
짝
짝
타닥
탁

지금이야 라이터 등을 쓰니 성냥은 거의 찾아볼 수가 없지만 원이 어릴 때는 대형 육각형 성냥갑을 비롯하여 주머니에 쏙 들어가는 납작한 성냥갑은 어디서나 볼 수 있었다. 음식점에서는 명함 대신 전화번호가 적힌 성냥갑을 나눠주었고, 운이 좋으면 길에서 성냥갑을 주울 수도 있었다.

성냥갑이 생기면 원은 화장실에서 불을 붙였다. 만약의 사태를 대비해서 물을 가득 담은 컵을 곁에 두고 불이 붙지 않는 타일 위에서 성냥을 가지고 놀았다. 이불 속에 숨어서 성냥에 불을 붙이다가 온몸에 화상을 입은 아이에 대한 이야기를 읽고 얻은 교훈 덕분이다. 이걸 보면 독서는 생각보다 효능이 크다.

까끌까끌한 성냥갑 옆면에 동그란 성냥머리를 착 그으면 확 불꽃이 이는 게 그렇게 재미있을 수가 없었다. 정신줄을 놓고 성냥을 긋다 보면 한 갑을 순식간에 다 써버리곤 했다. 겁이 많아 불이 날까 무서워하면서도 성냥에 불을 붙이는 건 멈출 수가 없었다.

그러나 불장난은 오래 가지 못했다. 원이 성냥을 가지고 노는 것을 매우 불안해했던 엄마가 성냥을 손이 닿지 않는 곳에 감춰버렸기 때문이다. 그러다 시간이 흐르면서 성냥이란 존재 자체를 완전히 잊고 있었다.

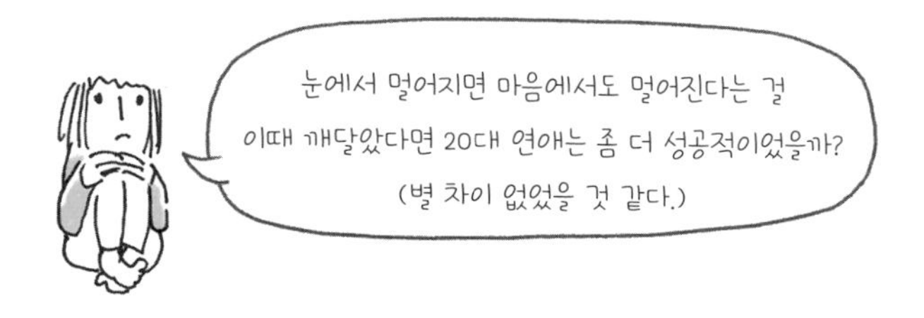

눈에서 멀어지면 마음에서도 멀어진다는 걸
이때 깨달았다면 20대 연애는 좀 더 성공적이었을까?
(별 차이 없었을 것 같다.)


그런데 성냥갑에 매혹된 기억이 부싯돌 장난감을 보는 순간 확 살아났다. 성냥을 성냥갑에 대고 힘차게 그었을 때 일어나는 불꽃처럼.

가지고 싶다. 아니, 반드시 가져야겠다.

구매욕이 불타올라 결국 장난감을 샀다. 부싯돌 장난감은 어른이 된 원을 위한 것이 아니다. 불꽃을 일으킬 때마다 질리지도 않고 좋아하던 어린 시절의 원을 위한 것도 아니다. 어딘가에 남아 있을지도 모르는 어린 원의 마음을 다시 타오르게 하기 위해서다.

유치하면 어때? 더 이상 순진하지는 않지만 순수함은 남아 있다고!

부싯돌 장난감만 있으면 원하는 만큼 불꽃놀이를 즐길 수 있다. 매순간이 미혹으로 반짝이던 어린 시절의 원과 함께. 화재의 위험도 없이! 완벽해!

퍼 펑
펑
펑

# 덕질은 사랑

혜은은 온갖 꽃이 가득한 마당이 있는 주택에서 평생을 살았다. 어릴 때부터 꽃의 아름다움에 푹 빠진 혜은은 꽃 외에는 별 관심이 없었다. 향기가 없는 보석도 별로고, 어떤 향수도 싱싱한 꽃향기를 따라갈 수 없다. 유독 사람의 외모에도 무관심했다. 사람이 아름다워 봐야 꽃에 견줄 수는 없다고 여겼다. 그래서 어떤 연예인을 봐도 시큰둥했다.

"사람 외모가 뛰어나 봤자 거기서 거기야. 다 눈 두 개, 코 하나, 입 하나에 몇 mm 차이일 뿐이야. 피부가 아무리 좋다한들 꽃잎이 훨씬 섬세하고 보드랍고 색도 예뻐. 완벽한 사람은 없지만 꽃은 완벽하지."

그랬던 혜은이 번개 맞은 것처럼 갑작스럽게 덕질에 빠져들었다. 마흔 번째 생일을 얼마 남겨두지 않은 날이었다. 그날따라 기분도 우울하고 몸도 무거워서 아무 일도 손에 잡히지 않았다. 지금까지 열심히 살아오며 이루었던 것들이 다 부질없게 여겨졌다. 어딘가를 가고 싶지만 딱히 갈 곳도 없고 친구에게 만나자고 하는 것도 번거롭다.

한참을 짜증과 무기력의 늪에서 허우적거리다 기분 전환으로 염색이나 해볼까 하고 단골 미용실에 갔다. 살갑게 말을 거는 미용실 직원도 귀찮아서 눈을 감고 자는 척하는데 라디오 방송에서 뮤지컬 노래가 흘러나왔다.

노래를 듣자마자 공중으로 붕 날아오르는 기분이었다. 이미 아는 노래인데도 들리는 목소리에 정신이 혼미해진다. 혜은은 라디오 진행자가 소개해 준 가수의 이름을 기억하려고 몇 번이나 소리 내어 중얼거렸다.

그리고 덕질의 역사가 시작되었다. 뮤지컬 배우의 공연 날짜가 잡히면 당장 티켓팅 전쟁에 뛰어든다. 노안으로 침침하지만 컴퓨터 모니터를 노려보며 표를 파는 시간이 되자마자 키보드에 송골매처럼 달려들어 자판을 두드린다. 공연장에서는 옷이 흠뻑 젖을 정도로 환호하고, 공연이 끝나면 배지, 모자, 스티커, 머그컵 등을 마구마구 사들였다.

일상생활과 일할 때의 체력은 바닥을 치지만 덕질할 때의 체력만큼은 20대에 지지 않는다. 공연은 하나도 빼지 않고 보는 건 기본이고 허리 디스크 수술을 받아야 하는 상황에서도 수술을 미루고 지팡이를 짚고 공연을 보러 갔다가 공연장에서 디스크가 터졌다. 다행히 지금은 괜찮다.

팬 미팅 때 혜은은 눈물을 흘리며 무릎을 꿇고 어마어마하게 커다란 꽃다발을 뮤지컬 배우에게 바쳤다. 혜은 남편은 질투 서린 표정 대신 어이없는 표정을 지었다고 한다.

"덕질은 사랑이야. 인생을 활기차게 해주지. 우울할 때 얘를 보면 무조건 기분이 좋아진다니까. 내가 키울 필요도 없으니 부담도 전혀 없고 말이야. 아끼는 조카를 바라보는 이

모의 마음이랄까, 공연 일정을 살펴보는 것도 재미있고 티켓 전쟁하는 것도 완전 스릴 넘쳐. 공연에 멋지게 차려입고 꽃다발 들고 가는 즐거움은 이루 말할 수도 없다니까."

그러나 원은 덕질을 이해할 수 없었다. 완전 남이나 다름없는 사람에게 그토록 많은 시간과, 에너지와 돈을 쏟아붓다니. 그거야말로 낭비다.

그런데 사람 일은 모르는 법이다. 자신을 봐주지도 않을 상대에게 마음을 쏟지는 않겠다며 덕질 NO! NO!를 외치던 원이 덕질을 시작했다. 상대는 바로 만화 주인공!

만화 캐릭터이기 때문에 100년이 지나도 처음과 똑같다. 이거야말로 진시황제가 노리던 영원한 젊음이다.

만화 주인공이 원의 존재를 알 가능성은 전혀 없지만 상관없다. 덕질을 한다는 자체로 충분하다. 덕질을 하는 동안은 무미건조하고, 슬프기도 하고, 아프기도 한 현실 세계에서 벗어나 아찔하게 빛나는 세상으로 들어간다.

덕질은 연애처럼 마음을 졸이며 괴로움에 머리를 쥐어뜯

을 일이 없다. 어차피 절대로 이어지지 않는다는 사실은 확실히 알고 있다(세상에 확실한 게 없다 하지만 이것만은 확실하다). 같은 대상을 좋아하는 사람을 봐도 질투가 나기는 커녕 동지애가 느껴진다.

엄마가 봤다면 마흔이 넘어서 그게 할 짓이냐며 혀를 찼겠지만 원은 덕질 덕분에 즐겁다.

생각해 보면 엄마도 덕후였다. 딸 덕후. 원 팬클럽 열혈 회장. 회원은 달랑 엄마 하나뿐이었지만 엄마여서 든든했는데. 갑자기 가슴에 찬바람이 일어 울어버렸다.

# 망할 책임감

'깃털같이 가볍고 팔랑팔랑한 책임'이란 말은 없다. 책임과 어울리는 말은 '무거움', '짓눌림'이다.

나 연기학원 다니기 시작했어.
금요일 저녁부터 토요일, 일요일은 하루 종일 연기학원에 있어야 해.
단역이라도 할 수 있으면 기쁠 거야. 아니, 연습만 하고
어떤 기회도 못 얻을 수 있다는 것 역시 각오하고 있어.
그래도 내가 좋아하는 걸 하게 되어서 기뻐.

어린 시절 정아의 꿈은 배우였다. 영화나 연극도 닥치는 대로 보고, 연극 동아리 활동도 열심히 했다. 평소엔 수줍음도 많고 말주변도 없지만 연기할 때만은 완전 다른 사람이 되었다. 무대에 올라가기 전에는 두렵고 긴장되어 머리가 멍해지는데 막상 무대만 올라가면 갑자기 극중 인물로 변해버렸다. 주변 사람들은 부끄럼쟁이 정아가 무대에서 하나도 안 떨고 몰입할 줄은 몰랐다며 신기해했다.

“어머, 나 연기가 천직인가 봐.”

그러나 배우가 되지는 않았다. 진심으로 좋아하고 잘하는 연기였지만 배우를 직업으로 돈을 벌어 자신의 인생을 책임질 자신은 없었다.

별명이 원더우먼인 정아는 책임감의 화신이었다. 어릴 때부터 해야 하는 것이 있으면 두 팔 걷어붙이고 척척 해냈다. 초등학교, 중학교, 고등학교 내내 반장이었고, 맞벌이 하는 부모님을 대신해 동생들에게 공부를 가르쳤고, 공무원 시험 준비로 돈이 없는 남자친구와 연애를 할 때는 맛있고 영양 만점의 식사를 책임졌다. 그리고 지금은 인테리어 회사에서 온갖 잡다한 일까지 책임지며 뼈 빠지게 일하고 있다.

연기에 꾸준히 애정을 가지고 영화나 연극은 봐왔지만 본격적인 연기의 세계에 뛰어들 생각은 한 번도 하지 않았다. 연기는 젊었을 때 좋아하던 꿈, 동경의 대상이라고만 여겼다. 그런데 인생의 반이 지난 지금 연기를 하고 싶은 마음이 솟구쳤다.

지금까지 죽어라 책임을 완수했으니까 이제부터라도
내가 좋아하는 것에 충실하고 싶어. 나는 내가 굉장히
책임감이 강한 사람이라고 여겼는데
지금 이토록 책임감이 끔찍한 걸 보면 아니었나 봐.
야, 내가 너를 20년도 넘게 봤는데
너 책임감 진짜 강해. 이제는 주변 사람이나
생활이 아니라, 네 꿈에 책임을 지고 싶어진 거 아닐까?

그동안 정아는 책임감에 사로잡혀 다른 곳에 눈을 돌릴 틈이 없었다. 그런데 불현듯 책임감이 이전처럼 강하게 어깨를 누르지 않게 되자 고개를 돌릴 수 있게 되었다. 이거야말로 인생을 제대로 즐길 수 있는 기회다.

책임감 때문에 미혹되지 않고
꿋꿋하고 굳세게 오느라 수고했어.
이제부터라도 마음껏 팔랑거려 봐.
나비처럼 가볍게 바람을 타고 날아오르라고!

# 미치도록
# 좋다면

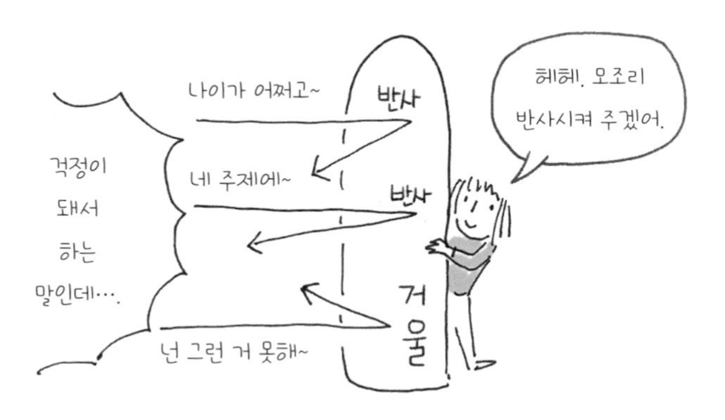

"네 나이에 연기를 한다고?"

딱 한 문장이다. 네 단어밖에 안 되는 짧은 문장이지만 이제 막 꿈을 좇으려 하는 들뜬 마음을 순식간에 진흙탕에 처박을 정도로 강력했다.

탕탕탕

이게 끝이 아니었다. 직장 동료는 "걱정이 돼서 하는 말인데"라는 끔찍한 말로 시작하는 훈계를 늘어놓았다.

걱정이 돼서 하는 말인데, 너도 이제 늙었다고.
나이가 많은 여배우도 있기는 하지만 젊었을 때 이미 유명했어.
게다가 연기가 보기에는 재미있을 것 같은데
완전 생고생이야. 기껏해야 단역이나 몇 개 하려고 그 고생을 할 거야?
다 쓸데없는 짓이야. 가만히 있으면 중간이라도 가는데
괜히 망신이나 당할 거야. 그러니까 그만두고 하던 일이나 잘해.
다 너를 위해서 하는 말이야.

망할 년. 너야말로 가만히 있었다면
중간은 갔을 거야.

직장 동료는 거기서 멈추지 않았다.

“나라고 하고 싶은 게 없어서 안 하고 있는 줄 알아? 나는 음악이 정말 미치도록 좋아. 음악에 흠뻑 빠지고 싶어. 그런데 회사 일이 너무 바쁘고 애들 학원도 챙겨야 하니까 못하는 거야. 나중에 시간이 나면 음악에 몰두할 거야. 하지만 지금은 아니야.”

그 말을 듣는 순간 정아는 자기와 동료의 차이를 깨달았다. 동료는 음악을 좋아한다고는 하지만 회사 일과 애들 학원이 음악보다 먼저다. 정말로 음악에 미쳐 푹 빠졌다면 당장 하지 않았을까? 미쳐서 푹 빠졌다는 건 마음이 온통 향했다는 것인데, 어떻게 이런저런 일 뒤로 미룰 수 있을까?

음악을 위해 회사 일과 애들을 포기하라는 것은 아니다. 회사 일도 하고, 애들도 챙기면서 잠자는 시간과 쉬는 시간을 포기하면 어떻게 해서든 음악에 빠질 시간을 낼 수 있다.

공장에서 뼈 빠지게 일을 하고도 음악을 하지 않으면 죽을 것 같으니까 잠자는 시간을 쪼개어 음악에 열중하는 사람도 있고, 온통 그림 생각밖에 없기 때문에 등이 부서져라 아파도 아기를 업고 그림을 그리는 사람도 있다. 옆에서 보면 저렇게 사는 게 가능할까 싶을 정도인데 불타는 열정을 어찌할 수 없으니 불태우는 거다. 마음이 가득해 도저히 미룰 수 없으니 무리를 해서라도, 죽을 것처럼 힘들어도 하는 것이 '미치도록 좋아하는 것'이다.

동료는 피곤하니 잠은 다 자야 하고, 무리를 하면 안 되니까 쉬어야 하고, 스트레스를 받지 않도록 쉴 때는 TV를 보거나 인터넷 쇼핑을 해야 한다. 음악은 일할 때 배경으로 듣는 게 전부다. 이런 삶이 결코 나쁘다는 것은 아니다. 스스로가 무리하지 않고 감당할 수 있는 선에서 삶을 꾸려 나가는 것도 좋은 방법 중 하나니까.

그러나 음악을 위해 아무것도 포기하지 않으면서, 모든 것을 음악 위에 두면서 음악이 미치도록 좋다고? 그건 정말로 음악에 온마음을 바친 사람들에게 실례가 되는 말 아닐까?

'걱정하는 마음'이야말로 꿈을 향해 나아가는 것을 막는

가장 큰 장애물이다. 실패를 두려워하고, 다른 사람의 시선이나 평가에 신경 쓰고, 익숙한 울타리 안에만 머물고, 어떤 손실도 감수하고 싶지 않는 마음이 좋아하는 것을 향해 달려가는 것을 막는다(물론 걱정하는 마음의 좋은 점도 있다. 그러나 두 입장을 다 취하면 죽도 밥도 안 되니 일단 여기서 좋은 점은 접어두겠다).

두려움, 눈치, 안이함, 손해 보지 않으려는 습성이 자신을 주저앉힌다는 것을 솔직하게 인정하지도 않고 가족, 나이, 돈, 바쁜 상황 등을 핑계 삼는다. 하지만 핑계는 핑계일 뿐 결과는 똑같다. 발을 내딛지 못하고 제자리에 머문다.

꿈을 외면하다 보면 꿈이 상실된 상태에 익숙해져 버리고 그런 자신을 합리화하기 위해 또 다시 핑계를 만든다. 핑계는 점점 더 단단한 껍질을 만들어 결국 바람 한 점 들 수 없는 갇힌 마음이 되어버린다.

평균 수명이 마흔 정도였던 시대에서 마흔이란 나이는 젊다고 할 수 없었겠지만 일흔도 거뜬히 넘기는 시대에 마흔은

뭐든 할 수 있는 나이다(적어도 원은 이렇게 여기고 싶다). 좋아하는 걸 하기에 너무 늦은 나이란 없다. 하지만 너무 늦은 때는 있다.

내 맘대로 살면

좀 어때?

# 맛보기 이상은 주어지지 않아

엄마가 골골한 원을 위해 달여왔던 한약.
1m 반경까지 쓴 냄새가 퍼지는 걸쭉한 검은 액체다.
살짝 녹색기마저 돈다.
부르르
쓴맛 좀 봐라.
혀가 놀랐네!
꼼지락
꼼지락

온몸으로 반응하는 중

원이 중학생 때 할머니가 중풍에 걸렸다. 병원에서 퇴원한 할머니는 원의 집 화장실이 딸린 안방에서 생활하게 되었다. 다리가 너무 약해서 집 안을 다닐 때도 지팡이를 짚어야 하고 외출을 하려면 휠체어는 필수였다. 화장실을 갈 때도 원이나 엄마의 도움을 받아야만 했다.

이틀에 한 번씩 할머니를 씻기는 것은 원의 일이었다. 원은 구부정하고, 축축 늘어지고, 주글주글하고, 다른 곳은 앙상한데 배만 불룩한 할머니의 몸이 징그럽고 무서웠다. 그래서 가능한 시선을 피하고 손도 맨살에 닿지 않도록 조심하며 비누칠을 했다.

할머니는 이도 없어 식사를 할 때는 틀니를 껴야 하고 그나마도 부드러운 음식만 먹을 수 있었다. 그럼에도 불구하고 할머니의 식욕은 왕성했다. 식사를 하는 데 몇 시간이나 걸려도 음식을 탐욕스럽게 먹었다. 거기에 그치지 않고 "흑염소를 고아달라", "칡즙이 몸에 좋다더라", "홍삼을 다 먹었으니 달여 와라" 등등 보양식 타령을 쇳소리처럼 쉬어버린 목

소리로 늘어놓았다.

"내가 죽어야지"라고 입버릇처럼 말하면서도 꼭 "원이 시집가서 손자 낳는 것까지는 봐야 여한이 없지"라며 마무리를 했다. 악몽을 자주 꾸던 할머니는 한밤중에 저승사자가 자기를 잡으러 온다며 고래고래 소리를 질러댔다. 원은 몸도 제대로 가누지 못할 정도로 쇠약해진 할머니가 삶에 집착하는 것이 이상하고 추하다 여겼다.

저렇게 힘들어하면서 거동도 못하는데 왜 악착같이 살려고 하는 거지? 맛있는 것도 없고 재미있는 것도 없고 웃을 일도 좀처럼 없다면서, 맨날 사는 게 너무 힘들다고, 고되다며 툴툴거리기만 하잖아. 나라면 저렇게 추하게 사느니 차라리 죽는 게 나을 것 같아.

할머니는 자기가 젊었을 때 얼마나 예뻤고, 노래도 잘했고 재주도 많았는지, 그렇게 총명하고 곱던 자신이 고생만 하다 좋은 것도 못해 보고 이렇게 되었다며 억울해 죽겠다는 말을 끝없이 되풀이했다. 지나가 버린 삶에 집착하면서 다른 사람들을 힘들게 하는 할머니가 싫었던 원은 못 들은 척 아무런 반응을 보이지 않다가 어느 날 폭발하듯 받아쳤다.

“다 지난 일이라고요. 이제 끝났어요. 어차피 죽을 생각은 눈곱만치도 없으면서 억울해 죽겠다는 말 좀 그만해요.”

원은 말을 하면서도 너무 잔인하다고 여겼지만 멈출 수 없었다(나중에 똑같은 말을 자식이나 손주에게 들으면 마음이 찢어지겠지).

이제는 거동을 못하고 고통스러워도 여전히 삶에 매달리는 마음을 알 것 같다. 할머니는 영원한 삶에 미혹된 것이다.

할머니는 인생의 맛을 봤다. 쓰건 달건 간에 맛을 봤으니 먹고 싶은 것이다. 인생이란 걸 두 손으로 움켜쥐고, 입안에 넣고 알사탕처럼 우물거리고 싶은 것이다. 영원히. 하지만 이건 불가능하다.

『죽어가는 짐승』의 한 구절을 빌리자면,

“…맛은 봤잖아요. 그걸로 부족해요? 맛보기 말고 뭘 더 얻으려는 거예요? 그게 인생에서 우리에게 주어지는 전부고, 인생이 우리에게 주는 전부라고요. 맛보기. 그 이상은 없어요."

할머니도 자신이 영원히 살지 못한다는 사실은 알고 있었을 것이다. 그렇지만 맛보기 이상을 원했고 모조리 움켜쥐고 싶어 했다. 가질 수 없다는 사실을 아니까 더 원하게 되었다.

할머니는 마지막 순간까지 영원한 삶에 미혹된 채 봉지에 담긴 시커멓고 냄새나는 보약을 들이켰고, 악몽을 꿨고 고함을 질렀다. 그러다 여든여섯에 요양원에서 혼자 돌아가셨다. 할머니 그때 그렇게 잔인하게 말해서 죄송합니다. 스스로도 어쩔 수 없었을 텐데 이해하지 못했어요.

아무리 나이가 들어도
마음은 잠잠해지지 않는다고,
몸이 죽음을 향해 간다고 해서
마음까지도 죽음을 향하는 건 아니야.

훌라후프의 여왕!
나보다 잘 돌린다.

오, 맞아요.
정말 그래요.

빙글
빙글
휙휙
끼익
끼익

## 설마
## 불혹?

오, 드디어 불혹에 들어섰군.
이것이 말로만 듣던 해탈의 경지?
내게 이런 날이 올 줄이야.
훗. 나 이런 사람이야.
기우뚱
기우뚱
둥실둥실
공중부양

한동안 원은 보는 족족 깡그리 미혹되었다. 좋은 게 너무 많고, 다 너무 예뻐서 큰일이었다. 견물생심, 충동구매, 끝없는 욕망. 이 모든 것은 원을 위한 말이었다. 그런데 지금은 물건을 봐도 아무런 마음이 생기지 않는다. 갖고 싶은 것도, 먹고 싶은 것조차 없다. 그게 그거 같고, 다 시시하고, 그 맛이 그 맛이다.

보고 싶은 것도, 가고 싶은 곳도, 먹고 싶은 것도, 하고 싶은 것도 없으니 뭘 해도 즐겁지 않다. 담백한 광어회를 초장, 간장, 무순도 없이 일주일째 먹고 있는 기분이다. 집 밖으로 나가고 싶지도 않고, 집에 있어도 일이 손에 안 잡혀 우왕좌왕하다 시간만 덧없이 보내버리고 허탈감에 빠져들었다.

억지로 외출을 해서 이런저런 것을 구경하거나 친구들을 만나도 상황은 나아지지 않았다. 예전에는 그렇게 재미있던 것들이 이제는 즐겁지 않다. 이런 걸 해서 뭘 하나, 사람 만나서 뭐 하나, 부질없다, 지겹다, 맥 빠진다라는 생각이 꼬리에 꼬리를 물더니 급기야 무기력이 찾아왔다. 그렇게 좋아하던 글쓰기도 의욕이 생기지 않는다. 이러다가 해탈이 아니라 육체 이탈을 할 지경이다.

'삶이란 시간을 보내는 것을 과대평가한 것'이란 문구가 떠오른다. 그 표현이 재미있다고 여겼는데 지금 보니 상당히 섬뜩하다. 이런 식으로 지루하고 무기력하게 시간을 보내는 게 삶이라니. 이대로 가만히 있을 수는 없다. 다시 활력을 찾아야겠다. 그런데 어떻게?

곰곰이 생각해 보면 제일 활기를 띠는 순간은 새로운 것을 경험할 때였다. 처음 나비 귀걸이를 샀을 때, 바에 갔을 때, 꽃의 아름다움을 깨달았을 때, 악기를 배우기 시작했을 때 등등 새로운 세계에 발을 내딛는 순간은 선명한 설렘으로 남았다. 원이 '미혹'을 좋아하게 된 이유는 미혹을 통해 새로운 세상을 경험하기 때문이다.

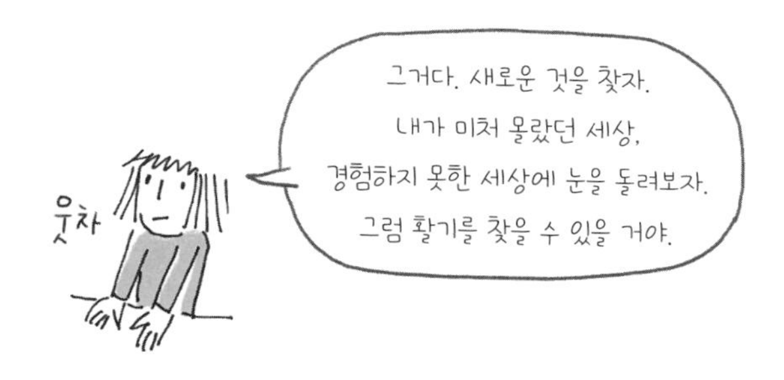


아주 오랫동안 원은 그동안 보지 못했던 것, 보려고도 하지 않았던 것에 대해 생각하면서 자기가 얼마나 많은 것에 무심했는지 깨닫고 새삼 놀랐다. 그렇지만 마음을 잡아끄는 것을 찾는 건 쉽지 않았다.

그러던 중 둘째 아이가 학교에서 만든 부채를 건네며 칭찬을 기대하는 눈으로 원을 바라보았다(부채에는 '인생 더럽게 살지 말자'라고 적혀 있었다). 그리고 그 순간 원은 무엇을 해야 할지 알았다.

보육원에 나가자.

대학생 때 1년 정도 보육원에 나가 아이들 공부를 도와줬던 적이 있었다. 보육원에 나간 지 석 달 정도 지났을 때였다. 낮잠을 자다 깬 한 아이가 부스스한 머리를 하고 눈을 비비더니 원을 보고 배시시 웃었다. 그 아이가 너무 예뻐 가슴이 쿵 내려앉았다. 그 후 보육원에 갈 때면 예쁜 아이들을 볼 생각에 들뜨고 즐거웠다.

회사를 다니게 되면서 보육원은 더 이상 나가지 않게 되었고 보육원에 나갔다는 사실조차 까맣게 잊고 있었다. 그런데 둘째의 예쁜 눈을 보는 순간 별안간 낮잠 자던 아이의 새카만 눈이 떠오르면서 다시 가슴이 쿵 내려앉았다.

썩어도 준치라고 맥이 빠지긴 했지만 추진력은 여전하다. 지역 아동센터에 전화를 걸어 의사를 밝히고 어떻게 하는 것이 좋을지 물어보았다. 간단한 설명을 듣고 센터를 찾아갈 날짜와 시간도 정했다. 전화를 끊고 달력에 약속 시간을 적고 나자 가슴이 두근거리기 시작했다.

어떤 곳일까? 어떤 간식이 좋을까? 문방구에서 예쁜 지우개를 사갈까? 애들이 나를 좋아하기는 할까? 뭘 입고 가지?

심장이 뛰기 시작한다. 연료가 조금씩 모이는 느낌이 든다. 좋아, 바로 이거다.

나는 너를 위해 사는 게 좋았어.
나만을 위해 사는 것보다 훨씬 더.
전혀 희생이라고 생각하지 않아.
결국 나를 위한 것이었으니까.

# 휘청대는 마음

“당신에게 자꾸 마음이 갑니다. 안고 싶어요.”

맞은편에 앉아 있던 남자가 말했다. 순간 원은 속으로 외쳤다.

오오오!

마흔도 넘어 이런 말을 듣다니, 매우 기쁜 일이다. 요즘 들어 부쩍 여자로서의 매력을 잃어버렸다고 생각하던 차에 더 이상 반가운 소리는 없었다. 그래서 진심을 담아 말했다.

“그렇게 말해주셔서 정말 고맙습니다.”

그리고 한숨을 내쉬며 짜내듯 덧붙였다.

“하지만 저는 안 될 것 같습니다. 정말 좋은 남편이 있으니까요.”

침묵이 흘렀고 원은 먼저 일어나서 밖으로 나왔다. 남자는 나오지 않았다. 원은 ‘후’ 길게 숨을 내쉬고 집으로 뚜벅뚜벅 걸어갔다.

함께 봉사 활동을 하던 사람이다. 말이 거의 없는 사람이었지만 막상 대화를 시작하면, 원의 말을 열심히 들어주었고, 원이 무슨 말을 하건 웃어주었다. 그가 성실하고 예의 바르기 때문에 그랬던 거라 생각했는데(물론 그것도 사실이다), 어쩌면 원에게 끌렸던 걸지도 모른다.

원도 그가 좋았다. 하지만 사람이 사람을 좋아하는 마음, 동료나 친구로서의 친근함이었지 이성으로서 설렜던 적은 없었다. 오늘도 봉사 활동에 다른 사람들이 안 와서 남자와 둘만 남아 일을 마치고 차나 한잔 마신 것뿐이었다. 그때까지만 해도 별다른 감흥이 없었는데 갑자기 고백을 받게 되다니.

아까는 너무 뜻밖이어서 아무 생각이 들지 않았는데 걷다 보니 별안간 마음이 미친 듯이 흔들리기 시작했다. 당장 카페로 달려가서 남자가 여전히 앉아 있는지 확인하고 싶다. 남자가 그 자리에 변함없이 앉아 있다면 흔들렸다고 말하고 싶다. 안아달라고 말하고 싶다. 손을 내밀어 남자의 뺨을 어루만지고 싶다. 유혹에 넘어가고 싶다.

이렇게 흔들리는 건 나도 은연중에 그 남자가 마음에 들었기 때문이겠지. 싫었다면 똑같은 말을 들어도 전혀 설레지 않았을 거야. 오히려 화가 났을지도 모르지.

바람을 피울 생각은 한 번도 해본 적이 없다. 남편과 다툴 때도 많았고, 서로 안 맞는다고 여길 때도 있었고, 한마디 말도 없이 며칠 동안이나 냉랭하게 지내기도 했다. 그렇지만 정말로 헤어지려고 했던 적은 없었다.

남편은 든든한 울타리다. 서로가 기댈 수 있어서 나이가 들고 약해지는 것도 두렵지 않다. 원을 굳건하게 받쳐주는 것은 가족이 주는 안정감과 평온함이다. 가족이 있기에 용기를 낼 수 있고, 행복할 수 있다. 그런데 바람을 피우면 원을 지탱하고 받쳐주던 가장 중요한 것이 무너질 것이다. 남편이 바람을 피운다는 생각만 해도 머리가 곤두선다. 남편도 마찬가지겠지.

가족을 잃을 위험까지 감수하는 관계가 얼마나 갈까? 얼마 가지 못할 것이다. 마음이란 건 변하기 마련이다. 좋고 설레는 마음은 갑자기 생겨난 것처럼 갑자기 사라지기 십상이다. 설령 관계가 오래 지속된다 하더라도 그 관계가 만족스럽고 행복할까?

그런데도, 허망할 것이라고 확신하는데도 불구하고 남자의 유혹에 넘어가고 싶다. 이미 마흔이 넘었는데도 또 다른 누가 나에게 매력을 느끼게 될까? 이게 끝이지 않을까?

남자에게 가고 싶은 마음과 가면 안 된다는 마음이 격렬하게 부딪치고 있다. 마음의 부딪침이 너무 격렬해서 현기증이 날 지경이다. 어지럽다. 너무 어지러워서 아무 생각도 할 수 없다. 이거야말로 미혹이다.

원은 팔짱을 단단히 끼고 점점 속도를 높여 걷다가 어느 순간 양팔을 흔들며 집을 향해서 달리기 시작했다. 마음은 남자에게 달려가고 있지만 몸은 남자에게서 반대 방향으로 달려갔다. 도망치는 것처럼.

집에 돌아온 원은 신발을 벗어 던지고 바로 침대에 누웠다. 현기증이 나서 서 있기도 어려웠다. 어린아이가 떼를 쓰듯 팔다리를 버둥거리며 울고불고 하고 싶지만 그렇게 할 수 없다. 소위 불혹의 나이여서 그런가 보다. 살아오면서 자제하는 것이 저도 모르게 몸에 배어버렸나 보다. 숨이 막힐 것 같은 갑갑함에 어쩔 줄 모르겠다. 속에서는 불이 타오르는데 어떻게 끌지 모르겠다. 원은 감은 눈꺼풀에 양쪽 손바닥을 올렸다.

이미 미혹되었는데 흔들리지 않으려는 건 싫어. 흔들리지 않으려고 몸부림치고 싶은데, 그 몸부림마저 마음대로 치지 못하는 건 더 싫어. 싫어, 정말 싫다고.

오디세우스는 세이렌의 노래를 들으면 바다로 뛰어들 것 같아서 돛대에 자신을 묶어버린다. 오디세우스를 제외한 선원들은 모두 귀를 막아 노래를 듣지 못했지만, 세이렌의 노래를 들은 오디세우스는 부르짖었다. 세이렌의 노래는 단순히 아름다운 소리가 아니다. 듣고자 하는 열망으로 가득한 소리다.

아아, 밧줄을 풀어줘.
듣는 것으로는 부족해.
노래 안으로 뛰어들겠어.
귀마개를 해서
하나도 들리지 않아.
버둥 버둥
아, 아~
어쭈.
좀 버티는데.

# 짓누른
# 감정

처음 『위대한 개츠비』를 읽은 것은 20대 초반이었다. 그때는 이기적이고 비겁한 여자에게 전부를 거는 개츠비가 한심하고 불행하다 생각했는데 이제는 그렇게 허망한 관계에 완전히 미혹되어 모든 것을 다 바친 개츠비가 대단하고 나름 행복했겠다는 생각도 든다.

원은 감정을 작은 항아리에 욱여넣은 다음 봉인시키려 하고 있다. 그런데 감정이란 게 꾹꾹 누르면 누를수록 더욱 더 커지고 튀어나가려고 한다. 언제까지 이 감정을 작은 항아리 속에 봉인시킬 수 있을지 알 수 없다. 조만간 무시무시한 폭발력으로 터져버릴지도 모르지만 그래도 일단 지금은 온힘을 다해 감정을 누른다.

대체 왜? 무엇을 위하여?

미혹되는 것이 얼마나 삶을 활기 있게 만드는지, 인생을 아름답게 만드는지 구구절절 실감했으면서도 막상 엄청난 규모의 미혹이 눈앞에 닥치자 마음의 자물쇠란 자물쇠는 다 잠가버렸다.

미혹되는 것도 허망하지만 이미 미혹된 마음을 억지로 한켠에 못 박아 움직이지 못하게 하는 것은 더 허망하다. 그런데도 일단은 마음을 틀에 가둔다. 두려우니까.

미혹되지 않으려고 몸부림치던 원은 신포도 작전을 썼다. '안고 싶다'는 말은 단순히 그 순간의 충동을 표현한 것일 수도 있다. '화장실 가고 싶다'라거나 '맥주 마시고 싶다'라는 말처럼. 어쩌면 상대방은 지금쯤 그런 말을 한 것을 죽어라 후회하고 있을 수도 있다. 원이 연락해서 "보고 싶어요"라고 하면 남자는 "그건 실수였어요. 기억에서 삭제해 주세요"라고 할 수도 있다. 하지만 아무리 신포도 작전을 써도 연락을 하고 싶은 마음이 굴뚝같다.

친구처럼 지내자고 하면서 연락을 해볼까?

'친구'라는 말은 그저 빌미일 뿐이다. 친구처럼 지내자고 하는 말의 진짜 뜻은 '당신을 유혹하고 싶다. 너무 유혹하고 싶은데 부담스럽고, 마음의 준비를 할 시간도 갖고 싶으니까 친구처럼, 동료처럼 지내자고 하는 것이다. 지금까지 그랬던 것처럼'이다. 마음이 송두리째 흔들리는 바람에 일상조차 제대로 돌지 않는다. 여태 아무렇지도 않았는데 단 한마디에 이렇게 마음이 흔들리다니. 정말이지 나도 내 마음을 예측할 수 없다.

원은 지금까지 한 번도 바람을 피우지 않았던 것, 피울 생각조차 하지 않았던 것, 한 번도 흔들렸던 적이 없었던 것은 나의 믿음직하고 책임감 있는 성격 때문이라고 생각했다. 완벽한 착각이었다. 믿음직하고 책임감 있는 사람이었기 때문에 유혹에 넘어가지 않은 게 아니라 지금껏 유혹을 받아본 적이 없었을 뿐이다.

이번에 깨달았다. 내가 얼마나 쉽게 흔들리는지. 살짝 입김만 불었을 뿐인데 어쩔 줄 몰라 한다.

서머싯 몸의 단편 〈최후의 심판〉이 떠오른다. 서로 미치도록 사랑하지만 올바른 삶을 위해 바람을 피우지 않으려고 죽어라 노력한 유부남과 아름다운 처녀, 그리고 다른 여자를 사랑하는 남편에 대한 부글거리는 증오를 꾹꾹 눌러 참고 평화로운(남들이 보기에) 결혼 생활을 하는 아내가 죽은 후에 신 앞에서 최후의 심판을 받는 이야기다.

죄는 저지르지 않았지만 미움과 증오와 한숨으로 인생을 보낸 이들은 바르게 산 것에 대한 보상을 기다렸지만 신은 눈살을 찌푸리며 한 번의 가벼운 숨으로 그들을 소멸시켰다. 성냥불을 불어 끄듯이 말이다.

나중에 혹시 남편이랑 사이가 나빠지면 "내가 그때 당신 때문에 바람도 안 피웠는데"라며 혼자 구시렁거리게 될까? 아니다. 남편 때문에 피우지 않은 게 아니라 내가 가진 걸 잃을까 봐 못한 것이다.

유혹을 뿌리친 걸 나중에 후회하게 될까? 아니다. 바람을 피우면 더 후회할 것이다. 10년도 넘게 가꿔온 나의 집을 무너뜨리는 짓이니까.

하지만….

유혹에 넘어가고 싶다. 미혹에 빠지고 싶다.

# 궁극의 욕망

나 요즘 제일 핫한 곳에 갔다 왔어.
나 연예인이랑 사진 찍었어.
나 완전 좋은 차 샀다.
빛나는 곳에 가고 싶고 빛나는 걸 가지고 싶고 빛나는 사람 옆에 있고 싶은 건 자신도 빛나고 싶은 거겠지?
종량 쓰레기


뭔도 빛나고 싶다. 아주 사소한 빛이라도 스스로 빛을 내고 싶다.

미혹되어 괴로운, 아니 미혹을 억지로 거부하느라 괴로운 원은 기댈 곳을 찾다 급기야 철학까지 손을 뻗쳤다. 그리고 엄청나게 마음에 드는 말을 만났다. 스피노자 선생의 말이다.

"우리는 욕망이 결핍 때문에 생긴다고 믿는다. 가지지 못한 것을 욕망한다고 믿지만 실제로는 자아실현을 현실로 만들어주는 것을 욕망할 뿐이다. 이미 내부에 있는 욕망을 욕망하는 것이다."

정말 그렇다. 반짝이는 반지에 미혹되었던 것은 반지가 나를 반짝거리게 만들어줄 것을 기대하기 때문이다. 케이크가 내 인생을 달콤하게 만들어줄 거라 기대해서 달콤한 케이크에 미혹되고, 나를 멋지게 만들어줄 거라 기대해서 옷에 미혹된다. 봉사 활동을 한다고 결심했을 때 활기가 생기기 시작했던 것도 봉사 활동을 통해 사람들을 나에게 미혹시킬 수 있다고 여겼기 때문이 아닐까?

미혹된 것을 손에 넣음으로써 다른 이들을 미혹시키고 싶었다. 내가 미혹된 것에 느끼는 감정, 좋다고 여기는 감정을 다른 사람들이 내게서 느끼기를 원했다. 반대로 다른 사람들이 아무리 좋아해도 나의 내부에서 아무것도 끌어내지 못하면 좀처럼 좋아할 수 없다.

그런데 나는 무슨 자아실현을 하고 싶어 그 남자에 대한 엄청난 욕망이 생긴 걸까?

원은 남자와 관련된 모든 기억을 최대한 떠올렸다. 남자를 처음 만났을 때는 무뚝뚝하고 전혀 사교적이지 않다는 인상을 받았다. 원이 말실수를 했을 때 남자가 날카롭게 지적을 하며 원의 말을 정정했고, 그 이후로 원은 남자 앞에서 말을 할 때마다 긴장을 했다. 봉사 활동을 함께 하는 입장이 아니었다면 다시는 안 봤을 것이다.

그러나 봉사 활동을 계속 함께 하면서 원은 남자가 첫인상과 다르게 인정이 많고, 책임감도 강하고, 아는 것도 많다는 것을 알게 되었다. 그래도 그뿐이다. 나름 좋은 사람. 그 정도가 원이 남자를 생각하는 정도였다.

남자가 원 내부의 무엇인가를 이끌어냈다면 원을 좋아한다는 말을 하기 전에 좋았을 텐데 그 전까지는 아무런 욕망도 없었다. 그랬다가 남자가 원에게 끌린다는 말을 했을 때 별안간 미혹되었다. 그 순간 특별해진 기분이 들었다.

아, 바로 그거다.

내가 누군가에게 특별했다는 사실이 좋았다. 누군가 나에게 미혹되었다는 사실에 미혹된 것이다.

내가 원했던 건 누군가를 나에게 미혹시키는 거야. 세상을 나에게 미혹시키고 싶었던 건 아닐까? 그래서 '미혹'이란 것에 미혹된 것 아닐까?

그렇다면 굳이 대상이 남자일 필요는 없다. 여자여도 좋고, 아이여도 좋고, 길고양이여도 좋다. 원은 '세상을 나에게 미혹시키고 싶다'라는 생각이 너무나 마음에 들어 그 생각 자체에 미혹되었고, 더 나아가 그런 생각을 한 스스로에게 미혹되었다.

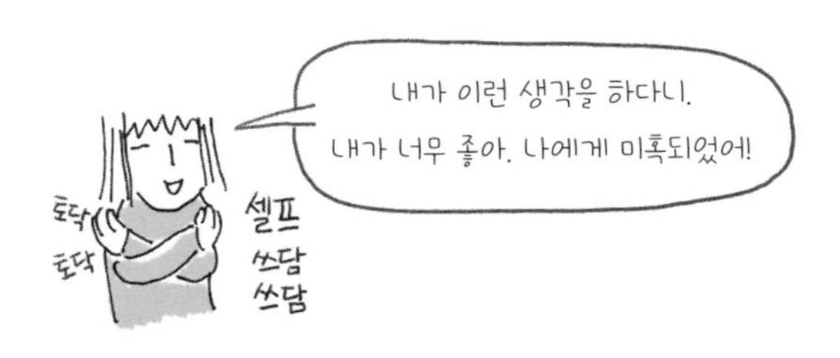


혼이 빠질 정도로 흔들렸고 괴로웠지만 좋았다. 질풍노도의 시간도 좋았다. 생생하게 살아 있다고 느꼈다. 이런 감정을 중년에 느꼈다는 건 행운이자 예기치 않은 선물이다. 그래서 진심으로 감사한다.

이번 일을 통해서 자신에 대해 새롭게 알게 된 것도 기쁘다. 정말 나약하고, 쉽게 흔들리고, 숨막힐 정도로 소심한 인간이다. 그래서 금세 미혹된다. 나약해서 쉽게 흔들리면서도, 소심해서 정작 인생 최고의 미혹이 찾아왔을 때에는 달려들지도 못한다. 그러면서도 세상을 스스로에게 미혹시키고 싶어 하는 얼토당토않은 욕망은 있다. 정말 엉터리다. 그래도 나는 내가 좋다. 나 자신에게 미혹될 정도로.

마음이 한결 편해졌다. 허공에 어수선하게 떠 있던 것들이 제자리에 놓인 기분이다. 그렇다고 아무 일도 없었던 예전으로 돌아간 것은 아니다. 여전히 흔들림은 남아 있다. 죽을 때까지 흔들릴지도 모른다. 그러면 어때? 그게 내게 주어진 삶인데.

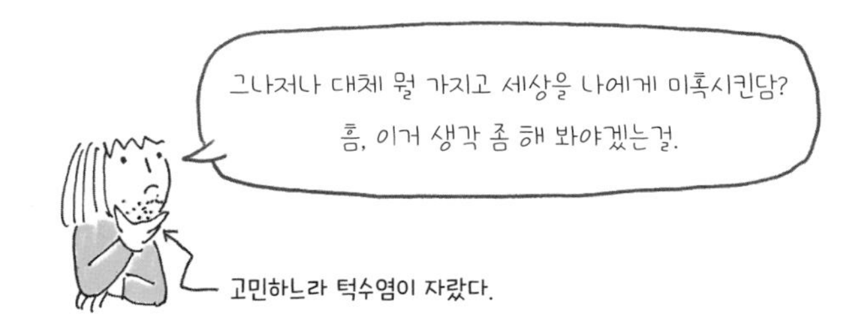

그나저나 대체 뭘 가지고 세상을 나에게 미혹시킨담?
흠, 이거 생각 좀 해 봐야겠는걸.
고민하느라 턱수염이 자랐다.

## 미혹되더라도 비굴해지지는 말자

미혹은 예상하지 못한 순간에 예상치 못한 방법으로 온다. 미혹은 의지나 노력으로 되는 것도 아니다. 미혹되는 것은 의지와는 상관없이 순식간에 그렇게 되어버린다. 그래서 미혹되는 것은 두렵다. 미혹되면 익숙함에서 벗어나고, 예상치 못한 것을 받아들이고, 나의 한계를 벗어나게 될 지도 모르니까.

새로운 것이 두렵고, 안락함과 익숙함을 대가로 치르기 싫었던 원은 최대한 기존의 틀 안에 머무르고 싶어 했다. 그래서 변하지 않았다. 그럼에도 불구하고 틀 밖으로 조금이라도 나올 수 있었던 것은 미혹 덕분이다. 온갖 것들에 미혹되면서 설렜고, 생기가 넘쳤고, 새로움에 눈을 떴고, 괴로웠다. 미혹되지 못했다면 경험하지 못했을 감정과 생각에 빠져들었다 나왔다 하면서 변했다. 생각이 변했고 행동이 변했고 삶이 변했다. 지금은 이만큼이나 변할 수 있다는 사실이 기쁘다.

대체 누가 나에게
변하지 않을 거라 했느냐?
흥, 가소롭군.

'미혹'에 미혹된 원은 어떻게 해야 제대로(?) 미혹될 수 있을지 생각했다. 이것만 봐도 정말 많이 변했다. 20대, 30대에는 미혹이란 약해빠진 인간이나 하는 거라고 여기고 미혹되지 않는 법에 대해서만 열심히 생각했다.

40대의 원은 자신이 약해빠진 인간이라는 사실을 잘 알게 되었다. 너무 약해빠져서 미혹에 저항하는 것이 불가능하다. 어차피 미혹에 홀라당 넘어갈 거면 제대로 넘어가고 싶다. 미혹되어 불행해지는 것이 아니라 행복해지고 싶으니까.

미혹 때문에 누군가를 미워하거나, 끊임없이 괴로워하거나, 남을 괴롭히거나, 후회하거나, 원망하며 머리카락을 쥐어뜯고 싶지 않다. 그래서 당당하게 미혹에 넘어가는 방법을 찾아냈다.

+ 미혹되었다고 해서 미혹된 것을 손에 넣으란 법은 없다는 사실을 받아들이자. 내가 손을 뻗는다고 주어지는 것은 아니다. 물그림자에 미혹되었다고 해서 그림자를 가질 수 없

다. 그림자를 보고 아름다움에 감탄했다면 그것으로 만족하자.

+ 대가를 치를 각오를 하자. 미혹의 대가는 다양하다. 감정일 수도 있고, 돈일 수도 있고, 시간일 수도 있고, 사람일 수도 있고, 예전의 나일 수도 있다. 미혹의 대가가 무엇일지는 겪지 않으면 모르고 대가의 크기는 생각보다 훨씬 클 수도 있다. 그래도 억울해하지 말자.

+ 어느 누구도 어느 무엇도 원망하지 말자. 내가 미혹되어 달려가는 것, 손을 뻗는 것은, 오롯이 나 자신을 위한 것이다. 다른 이에게, 어떤 상황에도 아무것도 기대하지 말자. 주어지지 않더라도 원망하지 말자.

미혹은 예상치 못한 순간에 주어지는 선물이다. 부질없음에도 미혹될 수 있기 때문에 덧없는 인생이 아름답게 빛나는 것이 아닐까? 물이 일렁이며 빛을 반사하는 것처럼.

그래서 원은 미혹의 순간을 두 팔 벌려 안는다. 현기증이 날지라도.

한때 미혹되었지만

이제는 미혹의 빛을 잃은 물건들.

나에게는 빛을 잃었지만 누군가에게는 여전히

미혹의 빛을 던질 수 있을지도 몰라.

내가 느꼈던 즐거움을

다른 사람들도 느낄 수 있기를….

읏차